全书索引

中世纪 T-O 地图（T-O Mappa
《无处流浪的吉普赛人》P.183
India
《不要在中世纪花园入眠》P.229
《灵视盘里的格斗家》P.66
Syria
《中世纪“脸书”》P.249
Germania
Graecia
Britannia
《想象的玻璃上真实的窗花》P.96
《莎士比亚的舞台》P.1
《身为艺术家的批评家》P.103
《疯人们的嘉年华》P.17
Hispania
《胶片之影，杂剧之光》P.300

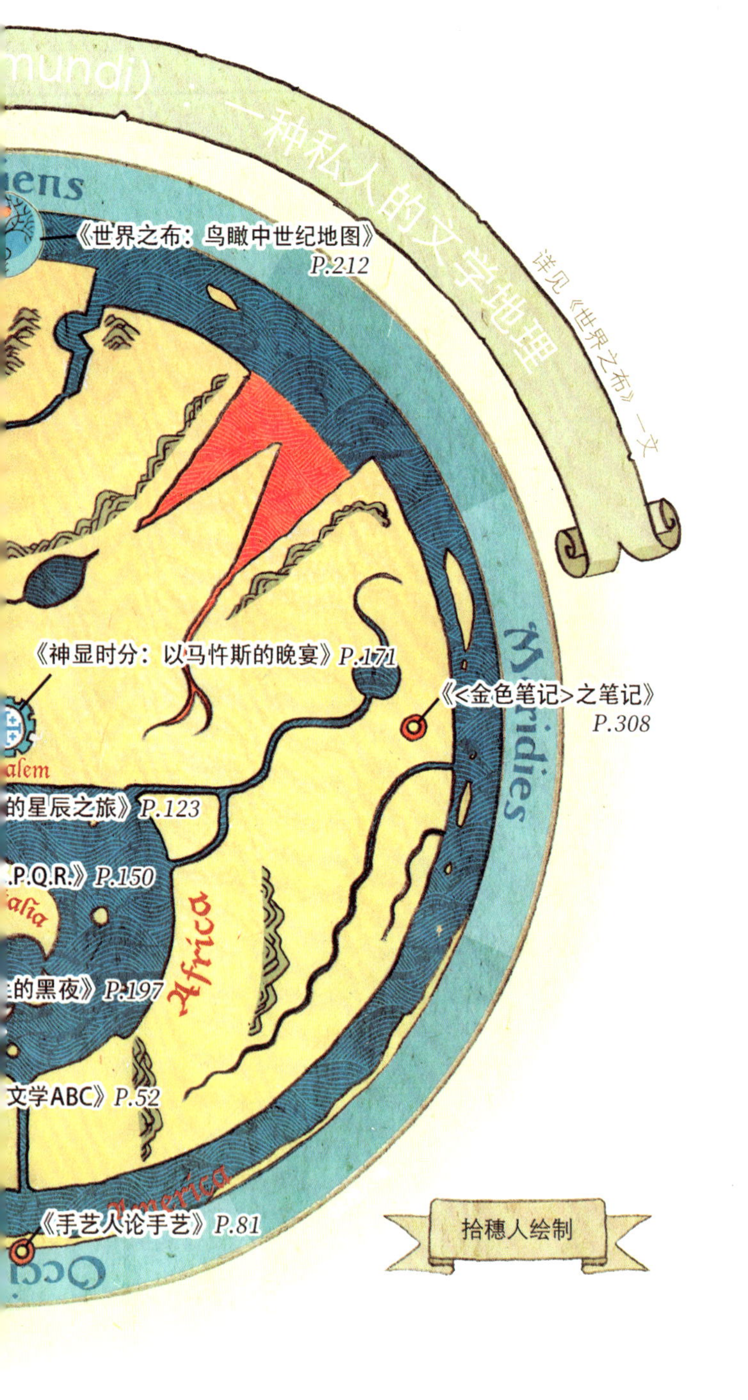

一种私人的文学地理
详见《世界之布》一文
《世界之布：鸟瞰中世纪地图》P.212
《神显时分：以马忤斯的晚宴》P.171
《<金色笔记>之笔记》P.308
Meridies
的星辰之旅》P.123
.P.Q.R.》P.150
的黑夜》P.197
Africa
文学ABC》P.52
America
《手艺人论手艺》P.81
拾穗人绘制

谜文库 | 世界是一个谜语

缮写室

包慧怡——著

华东师范大学出版社

图书在版编目（CIP）数据

缮写室 / 包慧怡著．—上海：华东师范大学出版社，2018
ISBN 978-7-5675-7999-6

Ⅰ．①缮… Ⅱ．①包… Ⅲ．①欧洲文学—中世纪文学—文学研究
Ⅳ．① I500.63

中国版本图书馆 CIP 数据核字（2018）第 155345 号

缮写室

著　　者　包慧怡
责任编辑　顾晓清
封面设计　周伟伟

出版发行　华东师范大学出版社
社　　址　上海市中山北路 3663 号　邮编　200062
网　　址　www.ecnupress.com.cn
网　　店　http://hdsdcbs.tmall.com/
邮购电话　021－62869887

印 刷 者　苏州工业园区美柯乐制版印务有限责任公司
开　　本　787×1092　32 开
插　　页　1
印　　张　10.875
字　　数　165 千字
版　　次　2018 年 8 月第 1 版
印　　次　2018 年12月第 2 次
书　　号　ISBN 978-7-5675-7999-6/I.1915
定　　价　59.00 元

出 版 人　王　焰

（如发现本版图书有印订质量问题，请寄回本社市场部调换或电话 021-62865537 联系）

谨以此书

献给我的外祖父

谢谢他为我筑造了

最初的缮写室

天堂是缮写室的模样（代序）

我的手因握笔而麻木

我的鹅毛笔生着锥形尖

从它的鸟喙中汩汩溢出

甲虫般闪亮的蓝黑墨水。

智慧的小溪奔流如泉涌

从我精细的土黄字体中；

绿皮冬青浆果制成墨水

在羊皮纸上奔流如河川。

我小小的湿润的羽毛笔

在书页间穿梭，有粗有细

丰富着学者们的藏书：

我的手因握笔而麻木。

（十一世纪爱尔兰语诗歌《缮写士科伦基尔》[①]）

1

所有的旷野恐惧症患者都应该拥有一间缮写室。

你也可以说：每个缮写士都是一名恐旷症患者。

若你出生于中世纪盛期的欧洲，受过良好教育，希冀安稳体面的工作且厌恶与人打交道，热爱知识，无意担任神职，那么缮写士（scribe）可能是你的理想职业。虽然作为文化生产中心的修道院大多由本院僧侣担任缮写一职，但假如俗众精于书法，或工于细密画，或擅长手抄本制作过程中的其他装饰工序（打磨羊皮纸或研磨矿物颜料不算，它们被默认为每个缮写

① 本书中的诗歌引文，若无特殊说明，均为作者本人翻译；除却少数几处附注底本信息外，下不赘述。

士的自带功能），受许进入缮写室供职的例子屡见不鲜。

进入缮写室（scriptorium），这个打开门的动作同时是对外面的世界阖上门。从此，来自宫廷、法庭、街衢的风声、雨声、市声，乃至来自广场——agora，“旷野恐惧症”（agoraphobia）的词源，引申为一切人群聚集的公共生活——的喧嚣与骚动都将在你耳边轻轻划上休止符，让位于羽毛笔在羊皮或牛犊皮上游走的沙沙声、邻座的翻页声、你自己打翻墨水瓶时的叹息声、鸟儿隔着一世界的光轻叩窗棂之声。

你成了一个艾米莉·狄金森。

2

你成为一种隐修士（anchorite），缮写室成为你的锚（anchor），茫茫海洋中你不愿离开的船只；或成为一种隐修女（anchoress），自愿进入一个密闭空间并发誓永不离开，从此天上的那位是你唯一侍奉的新郎，对世界而言你已宣布死亡。

这一切都发生在精神层面，而非制度层面上。没有什么可以真的将你禁足，除了你自己渴望独处、静默、专注而简纯劳作的心。

你成了一个生活在土星标志下的人。

可你不被要求从事研究或严格意义上的创作，你甚至不被鼓励独立思考——“思考是别字之母”，拉丁谚语说。所谓“严格意义上的创作”，在中世纪是个可疑的观念，因为一切与纸笔打交道之人，首先是一名书籍制作者，确切地说是手抄本制作者[①]——手抄本是中世纪文化道成肉身的全部基础。波纳文图拉在十三世纪转述道：“有四种制作书籍的方法。有时一个人写别人的字，不添也不改，他只被称作‘抄写员’。有时一个人写别人的字，把别人的片断汇聚在一起，他就叫作汇编者。有时一个人兼写别人和自己的字，但以别人的字为主……他就不能被称为作家，而只是评论者。又或一个人兼写自己和别人的字，而用别人的字来作为证据，他就应该被称为作者。”

这里的“抄写员”也就是我们所说的缮写士，虽然不被划入“严格意义上的作者”之列，却属于普遍受尊敬的书籍艺术家的梯队，收入也颇体面——东西皆如是。在波斯和土耳其的抄经传统中，书法家／缮写士的地位和报酬远远高过抄本细密画家，盖因伊斯兰教重圣言而轻形象，也因伊耶二教都是基

① “手抄本”（manuscript）一词的拉丁文词源，即用“手”（manus）来“抄写”（scribere）的。

于各自唯一“至圣书籍”的宗教。在“庄严基督”（Maiestas Domini）像中，杏仁光轮（mandorla）中的基督常被表现为右手祝圣、左手持书的样式。

3

在匿名性方面，缮写士和抄本画家可谓一对幽灵手足，我们对他们当中的绝大多数人一无所知。他们消隐于历史，其退隐却铸就了中古千年最可见最璀璨的遗产：书画一体、图文互注，仿佛出自天使之手、恍若一个完美自洽的宇宙、足以象征天堂本身的泥金手抄本。Illuminare，“为抄本上色”的拉丁文动词，本义是“照亮”。

进入缮写室，进入历史的幽暗区间；是退隐最深的人将“幽暗的千年”照亮。

照亮，那是一道创世的口令，一个惊心动魄的动词。

4

见于大量抄本细密画中的、一间典型中世纪缮写室的主要部件：斜面缮经桌，由转轴连接的、安放母本的斜面经台，垂挂在羊皮上防止其卷曲的金属书坠，墨水瓶，羽毛笔，（打磨羊皮的）浮石，椅子，一面可能集采光、寓意、放大（如果我们相信“科伦基尔之眼”之类的原始光学器械在《凯尔经》这类抄本的绘制中扮演了关键角色）为一体的凸面镜，有时还有一组放着已完成抄本的书架（armarium）。缮写士被这些象征知识的器物包围——未完成过去时、愈过去时和将来时的知识——目光低垂，自足自洽，仿佛最高程度的专注可让时光停止，只有墨水瓶中缓慢下降的水位记载着缮写室内时光的流逝。

在类似于樊尚·德·波梵（Vincent de Beauvais）《巨镜》抄本的细密画中，缮写室的形象本身被所缮的对象（文本和页缘画）包围，对身处其中的孤独书写者构成一种双重的、双倍不可侵犯的、充满慰藉的裹挟。缮写室成了幽居癖（claustrophilia）的理想喻体、《雅歌》里的封闭花园（hortus conclusus），以子宫般的内空间孕育着无限可能与甜蜜的基督的佳偶本身。

而隐居在这一切中心的缮写士，在肖像传统中最接近的形象是四福音书作者——类似的密闭空间，类似的姿势和眼神，类似的要求观者绝对屏息凝神的视觉向心力。细密画中的缮写士是没有圣光的马太、马可、路加和约翰。

De la cause de lauteur emprinse.
Premier chapitre.
Pour ce que la multi
tude des livres et la
briefuete du temps et
la foiblesse du memoire
ne seuffrent pas les
choses qui sont escriptes estre com
prinses ensemble en ung couraige
ce mest advis a moy qui suis le
moindre de tous mes freres en faicte
Et ce puis je scavoir en moy mesmes
qui ay veu leu et retourne plusieurs
livres p moult long temps assiduele
ment et curieusement. Et neantmoins
par le conseil daucuns de mes pl' sou
verains et grandement aulcunes fle
que iay esleues p mon petit engin
de bien pou de tous les livres de ne
foy catholique ou des livres payens.

樊尚·德·波梵，《巨镜》抄本

5

可是，等等，我们迄今谈到的都是出现在抄本中的缮写士形象。然而常识、考古和建筑史资料都告诉我们：修道院中的缮写室是一个用于集体劳作的宽绰空间，单人缮写室是个例中的个例（比如传说中以一己之力抄完《魔鬼圣经》的那名被囚者），后者只能被称作私人书斋。制作一部图文并茂的手抄本，从来是一项需要团队合作、耗时费力的长期工程。比起图像传统，艾柯在《玫瑰的名字》中用文字描写的缮写室更接近历史事实：

我忍不住一声惊叹。这一层楼并不像楼下那样分隔成两半，因此使人感到分外宽敞。天花板是圆弧形的，并不太高，有坚实的柱子支撑，包容着一个光线极美的空间。因为较长的那四面墙上，每一面都有三扇很大的窗子，而每个塔楼外围的五边，各有一扇较小的窗子；最后，中央的八角形井孔上，有八扇高而窄的窗子，让光线由天井照进来……在每扇窗子下都有书桌，古物研究者、图书管理员、标示员和学者们，都各自坐在自己的书桌前。由于一共有四十扇窗户，所以同时可让四十个修士一起工作，虽然有时也许只有三十个。

抄本细密画中鲜有表现多人在缮写室内工作的场景，是受限于羊皮的尺幅，还是因为作为艺术原型的缮写士是且只能是一个孤独的沉思者（il penseroso），一如塔罗中的隐士牌？

6

曾经，即使在世俗主题抄本的制作中，作为彼此仰仗的合作者，细密画家仍不如缮写士受重视。这种情况直到十五、十六世纪“中世纪之秋”才逐渐改变：随着城市工商业和中产阶级的兴起，大批世俗贵族和富贾纷纷向民间抄本作坊订制以精美细密画胜出的抄本，抄本画家的名字逐渐被世人知晓——通常仅以作品或作坊的名字，如“《贝德福时辰书》大师及其作坊”——豪华抄本成了比珠宝乃至地产更好用的炫富利器。在巴黎，林堡兄弟及其团队为贝里公爵所绘《奢华时辰书》是其中最为纸醉金迷的例子，林堡兄弟三人也因此成为极少数在美术史上留下具体名姓的抄本画家。

林堡兄弟《奢华时辰书》
“黄道十二宫解剖图”页

而随着为酬金工作的民间作坊日渐取代修道院缮写室，随着真金金箔取代黄铁矿，将中世纪晚期的抄本装饰得日益富丽堂皇，随着古登堡的新发明缓慢但不可逆地取消着缮写士们繁复工作的必要性——缮写室的黄金年代结束了，作为恐旷症/幽居癖患者庇护所的理想劳作空间撤离了历史的舞台，遁入象征的幽冥之域。“黑暗的”中世纪降下帷幕，文艺复兴风冠霞帔地登场，一切都那么鲜艳、那么灿若白昼，“夜”似乎随之消失——人们仿佛再也不需要“照亮”。

7

不舍昼夜，捕捉智慧
是我把黑暗，化作光。

（九世纪爱尔兰语“修道院抒情诗”《学者和他的猫》）

对于 Pangur Ban，这只爱尔兰语文学中第一只有名有姓的猫，对于它的主人，以及所有艾柯笔下“生在有电视机的年代，灵魂却属于中世纪”的人而言，天堂就是手抄本缮写室的模样。

勃艮第公爵的缮写士兼译者让·米耶洛肖像，
出自 1450 年左右他亲手所缮的抄本

莎士比亚的舞台

——比尔·布莱森《莎士比亚：作为舞台的世界》

十六世纪下半叶的泰晤士河比今天宽阔多了。没有人工河岸的拘束，这条城市大动脉尽情舒展开拳脚，水面最开阔处足有一千英尺。泰晤士河吞吐货船游舸无数，水质自然不敢恭维，却奇迹般地成了鲃鱼、比目鱼、真鲷、黑吻粗鲦和鳗鱼们嬉游凫水的芳泽，运气好的渔民甚至可以捕到海豚。在最极端的情况下，曾有一头鲸鱼到此一游，引得目击者纷纷流连忘返，久久沉吟。

十六世纪下半叶的伦敦桥也比今天热闹得多。当时流行着一种迷信："贤人上桥如履平地，笨伯上桥栽入水里。"这种说法显然信徒寥寥，因为伦敦桥仍是当时全城最繁忙的交易地点之一。当年的大桥位于今天伦敦桥的东侧，长达九百多英尺，桥面上商店、教堂、客栈鳞次栉比，不少建筑高达六层楼，南端站着名副其实的“无与伦比宫”（Nonesuch House），是一座五脏俱全的迷你“城中城”。值得一提的是，桥端还竖着一根根柱子，上面挂着一颗颗不走运的脑袋——大多属于叛国者——款待往来的鸦雀。随着脑袋的不断增多，一种新兴职业也应运而生，名唤“管头人”（Keeper of the Heads）。

年轻的威廉·莎士比亚初到伦敦时，扑入眼帘的可能就有他两个远亲的首级——约翰·索姆维尔和爱德华·亚登，他们于 1583 年参与刺杀女王的阴谋，东窗事发后使得头颅在此栖身。莎士比亚是否真的与它俩打过照面，我们不敢说，也不好说，反正比尔·布莱森（Bill Bryson）在《莎士比亚：作为舞台的世界》（*Shakespeare: The World as Stage*）里是这么告诉我们的，而布莱森是个迷人的作者。

据说他治学也颇严谨，这我就不知道了，毕竟，《莎士比亚：作为舞台的世界》里充满了大段苏维托尼乌斯式的刻绘，比如他是这么描写詹姆士一世的：“他行动笨拙，举步蹒跚，还养成了动不动搓玩裤褶的习惯，令众人心惊不已。他的舌头太大，无法在嘴里伸缩自如……他采取的唯一卫生措施就是时不时把指尖在水里蘸一蘸。据说，从他王袍上的油污和汤渍上可以辨认出他登基以来吃的每顿御膳。”两千年前的苏维托尼乌斯是如何为自己辩解的？“我记载这个说法主要是为了不致遗漏，并不意味着我相信这是真的，或有这个可能”（《罗马十二帝王传》）。布莱森可懒得动这个嘴皮。莎士比亚是个谜语，养肥了无数猜谜人，而这些人最后几乎清一色变作面目可憎，是因为他们巴不得在有生之年获得系统而精确的谜底，再按上个“版权所有”的红手印，好像这就把莎翁留给我们的一切揣进了兜里。布莱森可不干傻事。姑妄言之，信不信由你，这样的向导往往最可令人放心。

一　伦敦剧院浮世绘

伊丽莎白时代的伦敦是个这样的地方：人们拼命吃糖，以至于牙齿都吃黑了，一些没吃黑的人则诉诸人工手段把牙搞黑，在邻人面前咧开嘴角，证明自己没少吃糖；啤酒备受青睐，就连僧侣平均每天也要喝上一加仑，尽管本土麦酒似乎不受外国人欢迎，被说成是“色如马尿，呈星星云态”；烟草老少咸宜，抽烟被认为具有治疗偏头痛和口臭的效果，还能预防鼠疫，是利国利民的休闲方式——有那么一阵，伊顿公学的学生要是被发现忘了抽烟，就得挨一顿藤条。

街头斗殴屡见不鲜，连吟游诗人上街都全副武装。一个叫加布里埃尔·斯宾塞的演员在决斗中杀死了一个叫詹姆斯·弗里克的人，两年后却死在本·琼森手里。克里斯托弗·马洛至少参与了两场致命对决：第一场里，他为一个同僚两肋插刀，结果了一个客栈老板；第二场发生在戴普弗德，他在酒精和混战中倒下，再也没有起来。

剧院里也不太平。1587 年，一个旅行者写信给住在乡下的老爹，激动地汇报了“将军供奉剧团”的一次演出事故：一个演员举起毛瑟枪向另一个演员开火，手一偏，“当场打死了一个小孩和一名孕妇，又把另一个男人的头打得生疼”。虽说十六世纪的毛瑟枪不过是些会吐火的棒子，但“将军供奉剧团”竟在剧院里动真格，依然令人匪夷所思。想必女王并不欣赏这类行为艺术，一个月后，该剧团没能收到进宫参加圣诞狂欢汇演的邀请。

其实，在莎士比亚时代的英国，专供娱乐用的剧院还是个新东西，过去的演出往往是在客栈庭院或贵族的厅堂里进行的。伦敦的第一家剧院似乎是建于1567年的“红狮”。“红狮”位于白教堂区，创始人是企业家约翰·布雷恩。之后的几十年中，剧院如雨后春笋般出现在伦敦郊区的“自由地”。所谓自由地也就是“位于城墙之外”，市内的法律法规在此不适用，可想而知也是个鱼龙混杂、群魔乱舞之地。剧院不仅毗邻青楼、军火库、监狱、乱坟、疯人院（包括臭名昭著的贝德朗疯人院），附近还有肥皂制造商、胶水工和染匠的大本营。干这几行少不了要与动物油脂、碎骨和粪便深入接触，这股压倒一切艺术气息的混合香味，势必给初来乍到的莎士比亚留下过深刻的印象。

这也是个清教势力如日中天的时代。清教徒对剧院可没什么好感：由俊美青年扮演的女子、荤段子双关语、华服美饰、心潮澎湃的人群……这些都触动了他们敏感的神经，以至于他们一口咬定剧院是传染病、同性恋性行为和异教崇拜的温床，甚至连1580年伦敦发生地震，清教徒们都嚷嚷着要拿剧院问罪。若不是女王本人大力庇护，我们的威廉和其他剧作家或许就无用武之地了。众所周知，伊丽莎白一世热爱戏剧——当然，宫廷每年都能从给剧院颁发营业执照等活动中得到大笔进项。

旧伦敦桥，约建于 1209 年

能演，不代表什么都能演。皇家娱乐总管手握剧本分级大权，如有僭越，作者很可能沦为阶下囚。伊丽莎白一世无嗣，其王位由原苏格兰国王詹姆士六世继承，称詹姆士一世，自此开辟斯图亚特一朝。就在这时，莎翁的劲敌，那位不安分的本·琼森在《向东去！》一剧中拿英宫中与日俱增的“苏格兰老毛子”开了个玩笑，结果被捕，还险些被削去耳鼻。此外，1572年的《流浪法案》里还规定，对于无执照、四海为家的艺人，一律大鞭伺候。不少剧团纷纷寻求显贵的庇护，“将军供奉剧团”、“宫务大臣剧团”因此得名。莎士比亚及其在环球剧院的同僚们曾被詹姆士一世本人授予金印，赐名“国王供奉剧团”，还得到至高无上的特许，可用御赐的四码半红绸装扮自己。从詹姆士登基到莎翁去世中的十三年中，“国王供奉剧团”共进宫表演过一百八十七次，比其他所有剧团加起来还要多，不可谓不风光。

看戏的收费一般是这样：站票一便士，坐票两便士，加个垫子三便士，普通民众当时的工资每天大约在一先令（十二便士），所以隔三岔五看场戏也算不得奢侈。人们把入场费投进一个盒子里，开场后，盒子会被保存在一间安全的房间里，英语中“票房”（box office）一词由此而来。愿意多花几个子儿的，剧院提供苹果、梨、花生和姜汁面包；要是演出不精彩，这些掷地有声的食物往往会在舞台上开花。最令人匪夷所思的是，剧院还提供三便士一斗的烟草，观众可以边看戏边吞云吐雾，让人想起今天的露天摇滚演出。都铎时代的剧院一律不设幕布（甚至连著名的“幕布剧院”也不例外），莫不是为防回禄之灾？据说，周到的剧院还供应麦酒——估计不会太有市场，因为剧院内不设厕所。

演员也不好当。部分剧团的储备剧目多达三十种，因此，领衔主演可能要在一个演出季内记住一万五千行台词，差不多等于背出布莱森这本厚度适中的书。演员入团前要签署契约，缺席排练、磨磨蹭蹭、宿醉未醒、穿错戏服等一系列罪名一旦成立，当事人就要被扣除两天工资；假如演员在剧院以外的地方穿戏服出行，将被罚款四十英镑（这个数目在当时着实吓人，违例的人想必不会太多）。剧本属于剧团而非作者，剧作家不太可能指望版税发财。包括莎士比亚在内的许多剧作家往往身兼剧院经理人、导演及演员数职，尽管莎翁在自己的剧本中往往饰演些跑龙套角色，比如《哈姆雷特》中老国王的鬼魂。

二　不学无术的莎士比亚？

历来有人对莎翁的学问功底诟病不已。几百年来，一口咬定莎剧并非出自莎士比亚之手的“反斯特拉福派”各分支前后提出的“莎剧真实作者”竟有五十人之多。大部分被提名的候选人都拥有比莎士比亚优越的教育背景：本·琼森、“大学才子”马洛、牛津伯爵，甚至女王伊丽莎白一世本人……琼森在世时似乎确实总看莎翁不顺眼，当约翰·海明斯和亨利·康德尔在“第一对开本”的序言中赞扬莎翁“心手合一，表达思想时极为顺畅，我们收到的手稿中简直没有一块涂抹的痕迹”时，琼森颇不屑地说：“但愿他涂掉了一千块！”讥刺莎士比亚“少谙拉丁，更鲜希腊”的也是琼森。

布莱森出面替莎翁翻案了（虽然他并非这么做的第一人）。据他考据，莎士比亚对拉丁文颇有造诣。当时的文法学校极度重视拉丁文教育，摧枯拉朽的魔鬼训练是家常便饭，有一类课本甚至向学生教授一百五十种“谢谢你的来信”的拉丁文说法。莎士比亚就读的爱德华六世小学是教堂街上一所“知名重点学校”，据说校长的年薪是二十镑——比伊顿公学校长还拿得多——学生早上六点到校，下午五点放学，中间仅有两次休息，一周放假一天。经过五六年这样的集训，按照牛津版《莎士比亚全集》序言的说法，文法学校毕业生的拉丁文修辞和文学功底要比“当今大部分古典文学专业学士学位持有者”更深更全。说莎士比亚缺乏古典素养差不多等于说他小时候是个后进生（当然，关于这一点，我们也的确举不出反面证据——就如琼森举不出正面证据）。

但除此之外，文法学校教授的科目就屈指可数了，而莎剧又的确是包罗万象的。布莱森告诉我们，莎剧中共出现过一百八十种植物和两百个法律术语。此外，莎士比亚在医学、军事和金融方面的知识也远胜常人。甚至有人根据《哈姆雷特》中的两句话“你可以怀疑恒星真是火焰，你可以怀疑太阳真会移转”，推演出“莎翁是天文学巨擘”的结论，说他是第一个质疑日心说的人——莎翁如闻悉有人这样解读他的剧本，恐怕会哭笑不得。不管怎么说，莎士比亚的知识面恐怕还没有丰富到令人生疑的地步，以莎剧“太博学”来断定作者另有其人，实在有些背景歧视。莎翁远非什么百科全书式的人物，布莱森本人就乐不可支地列出了莎剧中犯下的不少“年代误植”：古埃及人玩起了桌球；凯撒时代的罗马出现了钟；《科利奥兰纳斯》里，拉歇斯赞扬科利奥兰纳斯“是一个恰如加图理想的军人”，但加图要到三百年后才会呱呱坠地。

“反斯特拉福派”真是一群奇怪的人。难道除了植物学家，就没人能在文学作品中泼墨描写树木花卉？难道非要像琼森那样，动辄惊扰普鲁塔克、塔西坨和普林尼，才能写出了不起的剧本？莎士比亚是个做梦的人，命运给了他一种幸运，或说不幸，使他有能力将阖上眼睑时看到的幽冥场景变得栩栩如生，使夹在剪贴本里蒙尘的糖纸小人一跃而起，伸出光亮的手臂，唱出比眼泪更轻盈、比沼泽更沉重的歌。“反斯特拉福派”却丝毫不看重这一切，转而追求一本无足轻重的传记，或是一本粗俗的现实主义小说。所谓云霞雕色，有逾画工之妙；草木贲华，无待锦匠之奇，正如约翰·德莱顿于1668年所言，“那些指控他缺少学识的人反而给了他更高的赞誉：他的学识是天生的”。夫岂外饰，盖自然耳。

三　千奇百怪的莎学家

布莱森认为，对莎士比亚的系统批评性鉴赏始于威廉·铎德。此君原是教士出生，后来成了当时的学术泰斗，一本《莎士比亚之美》(1752年)在早期莎评界产生过相当影响。但他还有另一重身份:欺诈犯。《莎士比亚之美》出版后二十年左右,铎德背上了一屁股债,走投无路之际,他竟伪造切斯特菲尔德勋爵的签名,给自己搞到了四千两百英镑。为此他被送上了断头台。

真正的莎士比亚研究始于埃德蒙·马隆。这个爱尔兰律师为确定莎士比亚的直系亲属以及他生平的其他细节做了不少贡献,还曾雄心勃勃地写了《一次确定莎剧写作顺序的尝试》一书——我们实在没法对这本书抱太大的期望;马隆不仅断言"第一对开本"的两位主编不靠谱,还斩钉截铁地从莎士比亚作品表里砍去了《泰特斯·安德洛尼克斯》和《亨利六世》,因为它们"写得不好,我也不大喜欢"。更要命的是,在多年艰辛的学术生涯中,马隆养成了借资料不还的习惯。塞缪尔·约翰逊、多尔维奇大学校长、阿汶河畔斯特拉福的本地牧师都曾将大量珍贵的文件和教区登记册借给他作研究之用,马隆却迟迟没有物归原主的意思,以至于斯特拉福牧师不得不借助法律手段威胁他。后来,多尔维奇大学总算拿回了自己的资料,却发现其中的好几处被马隆用剪刀剪掉留作纪念了。

和约翰·佩恩·库利尔相比,马隆相形见绌。马隆不过是间歇性手痒，库利尔则是习惯性造假。由于找不到涉及莎翁生平的原始文件，库利尔决定自力更生——造伪证以支持自己的学术观点。1859年，大英博物馆的矿物保管员以墨迹测试揭穿了库利尔的骗局，此举标志着现代司法鉴定学的诞生。

另一位不得不提的研究者是詹姆士·奥查德·哈利威尔。此君未及弱冠就被选为英国皇家学会和文物收藏者学会会员，却也是个著名的梁上君子。他曾出入剑桥的圣三一学院图书馆，盗出十七种手稿珍本——虽说当时没有电子蜂鸣器，哈利威尔仍堪称艺高胆大。他的另一大爱好是破坏公物，肆意裁剪或涂抹书页。惨遭毒手的图书不下几百种，其中包括一本《哈姆雷特》的四开本，全世界这样的四开本总共才剩两本。虽然哈利威尔生前只是被指控，并不曾被判盗窃罪，但不管怎么说，他在这方面的名声如果没有赶超他在学界的名声，至少也与之齐平。

撇开学术造诣不说，光就“身体力行”而言，比起上述几位，当代莎士比亚研究家诸如斯坦利·威尔斯、弗兰克·科尔茂德、斯蒂芬·格林布拉特还有布莱森本人的形象实在是太单薄了。

四 ……所以？

在《莎士比亚：作为舞台的世界》中，布莱森还为我们提供了一长串数字：莎士比亚首创了——或者说率先使用了——2035个英文词；光是早期剧本《泰特斯·安德洛尼克斯》和《爱的徒劳》里就有140个前人闻所未闻的词语；他通过在常用词语（一般是动词）前加否定前缀“un”的办法，创造了390个新词；《牛津引语字典》中，所有用英语说出或写下的引语中有十分之一是拜莎士比亚所赐；他在作品中共有35次提到意大利，28次提到苏格兰；他曾369次提到法国，而提到英国只有243次；莎剧中充满了关于海洋的隐喻，而“水手”一词却只出现了四次，“海员”只出现了两次；他首创了千百种短语，在《哈姆雷特》的某一句中就创造了两个。

但是布莱森很清楚，这不是阅读莎士比亚的方法。词频学和活在我们梦中、活在他自己梦中的那个莎士比亚一点关系都没有。“丢开《般若》经千卷，且说风流话几条”，《莎士比亚：作为舞台的世界》采用的主要是这一种写法，并在能够提供确凿事实的寥寥数处给出事实。

而我更喜欢另一个人的写法。在博尔赫斯的短篇小说《莎士比亚的记忆》中，每一条意识的河流都通往莎士比亚，白天和黑夜都迂回而不间断地通往莎士比亚。感觉到这一点的人会渐渐明白，“Luna”这个词对莎士比亚来说不如“Diana”，而“Diana”又不如那个暗淡的、显得冗长的“Moon”；一条大河侵犯自我的渺小溪流，几乎要把它淹没。

或许传记这一体裁，终究不适合莎士比亚。

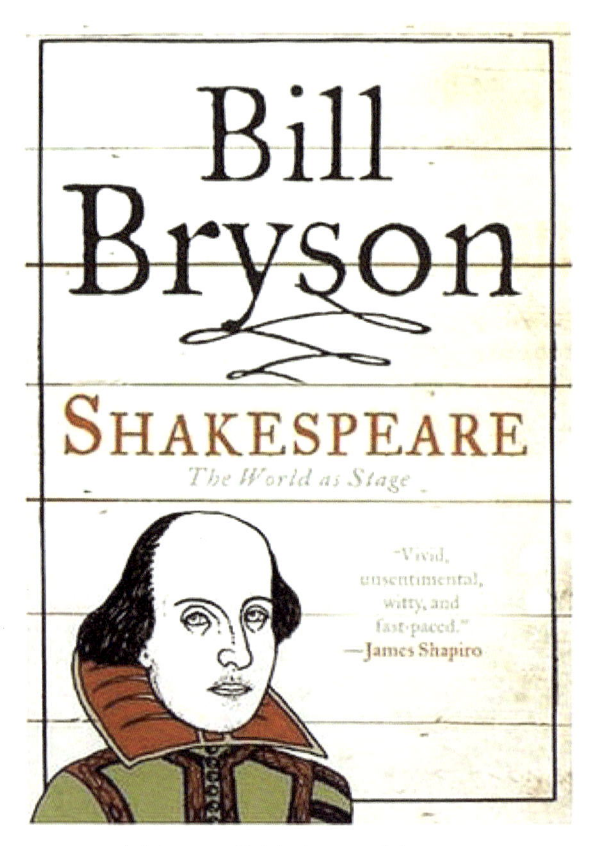

《莎士比亚：作为舞台的世界》初版封面

疯人们的嘉年华

——重访"仙境"与"镜中世界"

刘易斯·卡罗尔（Lewis Carroll）在《爱丽丝漫游仙境》和《爱丽丝镜中奇遇》（以下简称为《漫游仙境》和《镜中奇遇》）中塑造的世界如同两个交相辉映的疯人乌托邦，这乌托邦同时是朝圣地、诊所和炼狱，既是世界尽头又是冷酷仙境。在那里，形形色色的疯人们在同一个昏冥不定的边缘线上翩翩起舞，在亚当做第一个人类之梦之前，他们就开始为自己的嘉年华交杯痛饮。这一幕直至今天仍如鬼魅般萦绕着我们，丝毫没有消散之势。

据说，两本"爱丽丝之书"是除《圣经》外被引用最多的书籍。大家都听过这个迷人的段子：1862 年一个阳光明媚的午后，牛津大学怪叔叔卡罗尔——本名查尔斯·路德维希·道得森（Charles Lutwidge Dodgson），笔名刘易斯·卡罗尔是用真名字母重新排列组合所得——带着同事兼院长亨利·黎黛尔的三位千金去划船，为了让叽叽喳喳的萝莉们安静下来，这位数学系教授即兴编了《漫游仙境》的故事。事实上，若不是卡罗尔最钟情的萝莉、年纪最小的爱丽丝·黎黛尔（Alice Liddell）的坚持，《漫游仙境》根本不会被付诸笔端，更不会在三年后以现在的完整面目出版，更别提六年后问世的《镜中奇遇》了。

在“仙境”和“镜中世界”里，常识（common sense）让位给普遍的荒诞（common nonsense），可确诊的疯癫让位给暧昧而难以定罪的疯狂。关于疯狂，狄德罗在《百科全书》“folie”这一词条下作了进一步区分：“由于意识上的欠缺，离开理性而不自知，这叫作痴呆（imbécile）；由于受奴役于强烈的激情，离开理性而能自知，这叫作脆弱（faible）；但是带有自信地离开理性，还坚信自己此时正在遵循理性，对我来说，这似乎就是人们所谓的发疯（fou）。”在英语中，狄德罗对疯狂语焉不详的定义更接近“madness”一词，而非法语“folie”的同源词“folly”——后者通常用来表示“愚蠢”、“愚痴”。卡罗尔的“仙境”和“镜中世界”是疯人而非蠢人大行其道的地方，疯人们恣意解构语言和社会规范，将无稽之物簇拥到最高王座上——无怪乎我们来自“逻辑”世界的小爱丽丝在其中总是处处碰壁，无所适从——然而，只有受过严格逻辑训练的人方能写下这悦人的无逻辑之书。想想卡罗尔其他著作的书名:《平面代数几何教学大纲》(1860)、《平面三角学》(1861)、《行列式值概论》(1867)、《数学范例》(1874)、《欧几里得及其现代对手》(1879)……好啦，“爱丽丝之书”只是卡罗尔的两次小小出轨，而即便在出轨时，我们的天才教授也从未想过要化身为他人。

一 通往疯人乌托邦的水路

十五世纪初的欧洲艺术里集中出现了一个相对较新的意象：一艘装满疯人的大帆船。整个文艺复兴时期的文学和绘画作品里到处飘荡着它的幽灵，关于疯人船出航的目的历来众说纷纭：有人说，这是一场驱逐，旨在将无法在正常人中栖身的疯子们送往远方的精神病院，或一个贺拉斯式的安提库拉（盛

刘易斯故乡，英国戴尔斯伯里
教区教堂中的系列纪念彩窗之一

产药草的希腊城邦）；也有人将它看作奥德赛之航，甲板上的疯人们都是出发去寻找理性的朝圣者。关于这一主题最著名的文学作品，无疑是塞巴斯蒂安·布朗特（Sebastian Brant）在1497年用德语写就的《疯人船》（*Das Narrenschiff*）。埃德温·泽德尔（Edwin Zeydel）在该书的1962年多佛版序言中，系统追溯了布朗特笔下的疯人船对后世作品的影响。布朗特之后的同主题作品层出不穷——福柯在《古典时代疯狂史》第一部第一章里为我们开出了一个长长的书单。福柯认为用船只运走疯人的做法有充足的历史根据，早在布朗特之前，从荷兰到奥地利的欧洲城市居民登记档案里就有对这类遣送的记载，而航行的目的地既有原先的宗教朝圣地（圣马替兰、圣伊德维尔、柏桑松、吉尔），也有远非宗教重镇的城市，如德国东南部的纽伦堡——这些城市成为所谓的“反朝圣地”，病人们只是单纯被遗弃在此，好让他们的来源地得到净化。

不难注意到卡罗尔笔下“仙境”和“镜中世界”与这些城市之间的相似处。一方面，那儿是疯人们的天堂，他们不必为自己的“反常”感到自卑，倒是颇有一股气势凌人的优越感；表现在毛毛虫、柴郡猫和“圆胖高”（Humpty-Dumpty）身上，就是对侵入者爱丽丝的颐指气使。另一方面，居民们又并非全

I

Stultifera Nauis

Naue · stultoru ·

Narragonice pfectõnis nunq̃
ſatis laudata Nauis: per Sebaſtianũ Brant: vernaculo vul-
garīq; ſermone & rhythmo / p cũctoꝝ mortaliũ fatuitatis
ſemitas effugere cupiẽtiũ directione/ſpeculo/cõmodoq; &
ſalute: proq; inertis ignauęq; ſtultitię ꝑpetua infamia/ exe-
cratione/ & confutatione/nup fabricata: Atq; iampridem
per Iacobum Locher/cognomẽto Philomuſum: Sueuũ in
latinũ traducta eloquiũ; & per Sebaſtianũ Brant: denuo
ſeduloq; reuiſa/ & noua quadã exactaq; emẽdatõe elimata
atq; ſupadditis qbuſdã nouis/admirãdiſq; fatuoꝝ generi-
bus ſuppleta: fœlici exorditur principio. .1.4.9.7.

Nihil ſine cauſa.
.Io. de Olpe.

塞巴斯蒂安·布朗特《疯人船》拉丁文版，1497 年

然心甘情愿地遵从那个世界的游戏规则，违规者会受到相应的惩罚，仿佛“仙境”和“镜中世界”是两座机关遍布的炼狱，其中的疯人们必须为证明自己配得上重获理性而经受重重考验。

表面上看来，“仙境”中的立法者是红心王后，“镜中世界”里则是红王后和白王后——相比之下，两本书中的三位国王成了无足轻重的装饰，不是逆来顺受就是完全噤声。然而，王后们也不过是一个更大的监狱中的囚徒，和她们的臣民一样，是被看不见的疯狂巨手肆意把玩的乐高玩具。在这有着仙境外表的炼狱里，所有人都在努力挣扎着从一场深梦中苏醒，而这炼狱里无火光，亦无刀剑，乃是水之狱。

想想是什么把我们引入这疯人的乌托邦。爱丽丝的故事诞生于一次水上的旅行，水为叙述者提供灵感，而故事也是在水面上初次被说出口的。事实上，《漫游仙境》一书始于一首关于航行的小诗，其第一节如下：

一切都发生在金色的午后

我们悠悠地在水面漫游；

小小的臂膀笨拙地

划动我们的双桨，

而小小的手儿还在假装

指引我们的漫游。

而《镜中奇遇》则以一首关于航行的小诗收尾：

阳光明媚的天空下，一叶小舟

做着梦般向前泳动

那是七月的傍晚——

三个孩子紧紧依偎，

焦灼的眼睛，乐意的耳朵，

请求听一个简单的故事——

那明媚天空早已苍白：

回声消褪，记忆逝去：

秋日的寒霜杀死了七月。

她依然萦绕着我，像个幽灵，

天空下移动的小爱丽丝
醒着的双眼从不曾窥见。

但还有孩子，为了听故事，
焦灼的眼睛，乐意的耳朵，
将紧紧依偎，满怀着爱。

他们躺在仙境中，
随逝去的白日做着梦，
随死去的夏日做着梦：

永远沿着溪流向下漂移——
永远在金色微光里徘徊——
生命，难道不就是一场幻梦？

卡罗尔对“水上的漂浮”这一意象深深沉迷，而在整个欧洲的集体潜意识中，躁动的水永远和疯狂密不可分。疯狂仿佛是展现在人体内的一种浑浊水质，它无序、混沌、昏昏欲睡，是稳健和有条理的心智的反面。

水也是由生者之国通往死者之国的中介。加斯东·巴什拉（Gaston Bachelard）在那本迷人的《水与梦——论物质的想象》（*L'eau et les rêves, Essai sur l'imagination de la matière*）中为我们比较了卡翁情结和奥菲莉娅情结："动身走，这就是死一点"，各条大河都是死者之河。公元六世纪的拜占庭史学家普洛科普说："高卢的渔民和其他居民与不列颠岛隔海相望，他们负责往那里运送死魂灵……半夜三更，他们听到有人敲门；他们起身，在岸边看到外来的船只，船上却无人，可是船似乎沉重无比，像要沉没一般，仅仅高出水面一指。"在布列塔尼的古老传说里，总有幽灵之舟路过，"这些船只长大得很快，不用几年时间，一艘沿海航行的小船便长成一艘庞大的双桅帆船"。这些逐渐膨胀的船只总是由一位希腊神话中冥河艄公卡翁式的满面愁苦的老人掌舵，总是不堪负荷般地濒临沉没，终点总是地狱。圣梯纳说得好："无卡翁，便无地狱可言。"

1931年，伍尔芙（Virginia Woolf）在伦敦全国妇女服务协会发表讲话时，曾用过一个关于水与创造力的精彩比喻："不管怎样，我希望你们想象我在一种出神的状态中写小说……当我想着这个女孩时，我脑海里浮现的画面是一位钓鱼人在一潭深深的湖水边，鱼竿伸向水面，自己却高卧岸边，沉醉在梦境中……鱼线从女孩的手指间奔泻而出，她的想象力也随之驰骋开去，在湖水里，在深潭里，在黑暗的地方寻觅那条沉睡的大鱼。接着她忽然听见了撞击声，轰鸣声，然后是泡沫和喧嚣……”水中深藏着无数岩石、沟壑、暗礁、阴暗的角落，而在伍尔芙那里，幽灵般的湍流是一切阻碍思维自由驰骋的不自由处境的象征。

波光粼粼的水样意识同样诱惑和困惑着卡罗尔。《漫游仙境》故事的第一幕就在河岸边展开：姐姐正阅读一本无图画的书，身边倚着百无聊赖的爱丽丝。接着，第二章中出现了眼泪池，变小的爱丽丝不慎滑落其中，不得不努力游到岸边——岸上等待她的是一群疯狂的动物。在《镜中奇遇》第五章中，爱丽丝来到一家幽暗的商店，店主老绵羊正用十四副棒针织毛衣，爱丽丝接过其中一副棒针，它们却立刻变成了一对桨——转眼间她发现自己正置身于一条小舟，下方是湍急的河流，于是只好用这对桨划起船来，而在航行的终点等待她的是圆胖高——水永远将爱丽丝和我们一起引入更深沉的疯狂中。

“航行的实用性并不足够明晰，以致会使史前人凿木造舟。任何一种实用性都无法为航行的巨大风险作辩解。要敢于远航，就必然有重大利益驱使。然而，真正的重大利益是空幻

约翰·沃特豪斯《夏洛特女士》(1888 年)
灵感来源为阿尔弗雷德·丁尼生同名诗作，
一首关于水中漂流和死亡的“中世纪主义”叙事诗

的利益。这是人想象出来的利益，并不是计算出来的利益，是虚构臆造的利益。”巴什拉关于航行的宣言不仅适用于史前人，也适用于一切握起笔、准备讲述故事的人。一个半世纪前，卡罗尔与小爱丽丝在牛津附近的金色池塘上荡桨的那个下午，也曾感受到同一种微光灼烁的诱引。

二 疯狂诸主题

互为镜相的理性与疯狂

读着两本“爱丽丝之书”，我们会产生这样的疑问：这些动物果然疯了么？其中一些不是时不时地口吐完全合乎逻辑，甚至是睿智的言辞么？在“仙境”和“镜中世界”里，知识之树被连根拔起，充当疯人船上的桅杆。甲板上的动物们举手投足虽然遵循各自的理性，却仍在混沌之海上盲目地颠簸航行。且来看看爱丽丝和柴郡猫之间的对话：

“但我不想到疯子们那儿去。”爱丽丝说。

“哦，这可不由你，”猫说，“我们这儿的人都是疯子。我疯了，你也疯了。”

“你怎么知道我疯了？”爱丽丝说。

“你准疯了，”猫说，“否则你就不会上这儿来了。”

我们在这里看到的是可被理解的疯狂，作为理性侧面的疯狂，作为一种秘密的理性的疯狂。柴郡猫承认自己疯了，所以它总算没有全疯，但它证明自己疯狂的方式听起来又像是疯了：

“首先，”猫说，“一只狗不疯。你可承认？”

“我想是吧。”爱丽丝说。

“好啦，那么，”猫继续说，“你看，狗生气时咆哮，开心时摇尾巴。现在，我开心时咆哮，生气时摇尾巴。所以，我疯了。”

对话进行到“所以”之前还算顺利，然而柴郡猫没给出此种因果关系成立的基础，或许它做不到，或许它对于“仙境”中的逻辑规则只有模糊而本能的把握。疯狂以一种仿佛是理性的过渡阶段的方式作用于柴郡猫，疯狂成了理性的危险工具——仿佛理性藉此方能证明和确认自己。没有理性也就无所谓疯狂，在“仙境”中，疯狂仿佛是被遮蔽的理性，仿佛是理性在哈哈镜里的倒影。在或许是关于疯狂的最著名的一本书《愚人颂》里，伊拉斯谟（Desiderius Erasmus）大刀阔斧地将疯狂分为两类：“癫疯”和“贤疯”。前者是一种排他的、僵死的疯狂，全然拒绝可能与理性重合的那部分疯；后者则拥抱这灰色的区域，允许理性的侵入，因而颇具反讽地具有了抵御疯狂的能力。柴郡猫的疯狂显然属于第二种，我们甚至会觉得，通过塑造这一角色，卡罗尔正在为疯狂谱写赞歌。言语秀逗的柴郡猫毕竟头脑实在，心地宽大，随时准备原谅他人和自己身上的那股子疯劲，因而成了两部“爱丽丝之书”里最有希望的理性朝圣者之一。

作为惩戒手段的疯狂

圆胖高坐在高高的墙上，
圆胖高重重跌了一跤，
国王所有的马匹和随从
都没法把圆胖高放回原位。

约翰·泰尼尔为卡罗尔所作插图：爱丽丝与“圆胖高”

无论艺术家的思维模式或创作方法如何由理性严格而缓慢地塑就，要完成一件杰作就必须冒着发疯的危险。攀至最高处的理性往往距离疯狂的深渊仅有一步之遥，那些在寻求真知的途中走错路而又执迷不悔的人，等待着他们的常是作为惩戒手段的疯狂。一如《镜中奇遇》里的圆胖高——“圆”和“胖”是他的形态（活生生一只巨蛋，以至于爱丽丝将它的领带看作了腰带），“高”是他为自己脆弱的身体所选择的不明智的位置。一方面，圆胖高是个无畏的唯我论者，他声称：“当我使用一个词语时，我要它是什么意思，它就是什么意思，一点不多，一点不少……问题就在于谁说了算。”词语原有的语义已在一代代人的重复使用中变钝了，圆胖高要一手建立自己的新系统，恢复语言的新鲜质地——他甚至付钱给一个个词语，让它们表达由他钦定的意思。既然有“生日礼物”（birthday present），谁又规定不准有“非生日礼物”（unbirthday present）？“柔软”（lithe）和“黏稠”（slimy）为何就不能合并成“柔黏”（slithy）？“轻惨”（mimsy）为何不可以拆分为“轻薄”（flimsy）和“凄惨”（miserable）？“陀旋”（gyre）为什么不可以表示“像陀螺仪一样旋转”（go round and round like a gyroscope)？按照圆胖高的看法，一切词语在词形、词义、发音和与其他词的关系中都是“杂烩词”(portmanteau)。按照邓肯·法罗维的看法，圆胖高的语言甚至可被看作是乔伊斯《芬尼根守灵夜》(*Finnegans Wake*)中双关技巧的原型。“圆胖高语”也是安东尼·伯吉斯(Anthony Burgess)在《发条橙》(*A Clockwise Orange*)中所创造的“纳德萨语”(Nadsat)的先驱。

卡罗尔在“爱丽丝之书”中最关心的问题之一就是语言的本质。语言究竟是可以根据需要任意揉搓的橡皮泥，还是不以我们个人意志和喜好为转移的客观体系？圆胖高勇敢地做出了抉择，当爱丽丝问他“你为何孤零零地坐在那儿？”(询问动机)，他的回答是，“因为没人和我在一起”(描述状态)。

然而没过多久，圆胖高就暴露了自己，无意中丢失了主体的身份。很显然，个人主义者圆胖高不喜欢爱丽丝，因为她“看起来和别人一模一样……和别人有着完全雷同的脸”——他这么说只是因为爱丽丝把他当成了一只蛋(谁又能责怪她呢？)。当爱丽丝得寸进尺，把他的领带看作腰带时，他变得暴跳如雷；直到前者再三道歉后，他才转怒为喜，“这是一条领带，孩子，如你所说，是一条美妙的领带。是白国王和白王后送我的礼物”。圆胖高并不如看起来那么自信，或者说，他对自己作为主体的价值确信并非来自内部，而是由外部因素所“保证”的，“如果我摔下墙来——这根本不可能发生——但如果我真的掉了下来……国王已经保证过——亲口保证……要派来他所有的马匹和随从……他们一眨眼就会把我放回原位”。仰仗着他人的“保证”，圆胖高其实并未真正参与任何冒险。有价值的灵魂必须被赢得，必须以巨大的代价去换取、去打造，而移花接木的灵魂则来得快去得也快。真正的个人主义者所践行的绝非玫瑰盛开之路。颐指气使的圆胖高不过是个懦弱的主人，他的自知和自信来自错误的源泉。而错误的自知，或者说伪理性，在“镜中世界”里必将受到惩罚：更无望的疯狂，还有“重重跌一跤”——英国暗黑童谣集《鹅妈妈童谣》里早早预言了圆胖高粉身碎骨的惨淡结局。

作为疯狂的柔和形式的梦境

爱丽丝两次进入异次元都是藉着做梦，第一次，她在追赶梦中的白兔时一头栽进了兔子洞，第二次则在梦中穿越了镜子。然而《镜中奇遇》是一个远比《漫游仙境》更加晦暗，更加昏明不定的梦，洋溢着更浓厚的幽闭恐惧症气息。每一种疯狂都必须有一种理性与之对应，好让理性来裁定疯狂、取笑疯狂；类似地，理性也必须凭着对应的疯狂来确认自己的正当性。做梦者和梦中角色之间也是这样地彼此依托，只有一方存在，另一方的存在才有意义。《镜中奇遇》里有三处直接谈到“梦”。第一处出现在第四章，“半斤”（Tweedledee）告诉爱丽丝，她只存在于红国王的梦中——此刻红国王戴着一顶高高的红睡帽，正在一棵树下蜷成一团，欢乐地打鼾——而他的兄弟“八两”（Tweedledum）则补充道：“一旦国王醒来，你就会熄灭——梆！——就像一支蜡烛！”

但我们勇敢矫健的小爱丽丝才不乐意属于别人的梦，她断定做梦的是她自己，而红国王不过是她梦中的角色。固执己见却又迷惑不解，爱丽丝在第八章开头自言自语道：“这么说，我到底不是在做梦啦——除非，除非我们都属于同一个梦境。可我真希望那是我的梦，不是红国王的！……我真想去弄醒他，看看会发生什么！”这儿展开了一场看不见的对做梦者身份的竞争，因为做梦意味着存在，而被梦见者不过是前者的创造和想象的产物，将随着梦者的醒来而消匿无迹，其唯一的作用就是去反射做梦者。

这就将我们带回了《镜中奇遇》的书名，它的原题是

《穿过镜子：爱丽丝在那儿的发现》。后世有乔斯坦·贾德（Jostein Gaarder）《纸牌的秘密》（*The Solitaire Mystery*）和保罗·奥斯特（Paul Auster）《密室中的旅行》（*Travel in the Sciptorium*）。这两本书中，卡罗尔的影响再显著不过——对想象者身份的竞争，对著书者身份的竞争，对主体身份的竞争——成为书中人物就是被客体化，被阉割，被没收存在权，因为在书页阖上的刹那，你就被迫噤声。镜子、书本、梦境，这三位一体的、我们每日必然遭遇的滑动门，隔开的实为生死攸关之物。

除了镜相和梦境外，《镜中奇遇》到处充满着对称的证据：棋盘上除颜色外一模一样的红白双方，长相一致、说话像二人转的“半斤八两”、必须倒走才能前进的花园、逆流的时间……我们又隐约看到了数学家卡罗尔的幽魂。《镜中奇遇》里最后一次谈论梦是在第十二章《谁是做梦人？》中，全书的最后一句话是：“你认为是谁？”

两册“爱丽丝之书”是一个神经质天才的作品。我们不必追随弗洛伊德就可以在其中发现自己的焦虑。那一只只怪诞跋扈的动物，也曾夜夜乔装出行于我们黏稠的噩梦中，嘲笑、骚扰、腐蚀、撼动着我们，提醒我们直面内心最深处的恐惧。小爱丽丝在梦中遭受的挫折既暴露了卡罗尔，也暴露了我们自己。这两本书确实有点像是关于癔病的精神分析案例，只不过，卡罗尔医生只列出症状，不开疗方。而对于病人卡罗尔，讲述本身也就是一种疗治。

三　动物园里的病人

中世纪时，疯狂被看作一种恶德。到了文艺复兴时，疯狂已成了某种意义上的首恶，人类弱点之舞队的领舞者，一如在伊拉斯谟的《愚人颂》中，人格化的疯狂——或称愚痴——开口向我们指引道：

这儿，你可以看见她瞅人的目光是多么骄傲，那是普劳提娅，自爱；那面露微笑，永远鼓着掌的是科拉基娅，奉承；那个看起来一半睡着了的是勒忒，遗忘；那用双肘支着脑袋坐着，身上香水浓郁的是西朵妮，享乐；那瞪着眼睛跑来跑去的是阿诺伊娅，狂乱；那肌肤光滑、因饮食过量而身材丰腴的是特吕弗，淫荡；至于你看见的和她们在一起的两位神明，一位是科摩斯，放纵；另一位是伊格莱托·许普诺斯，死般的沉睡。

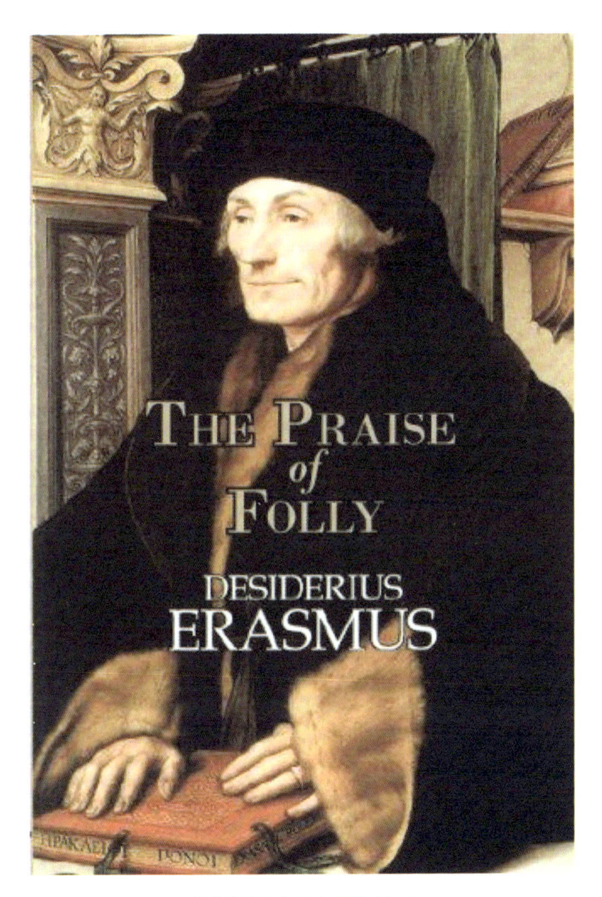

伊拉斯谟《愚人颂》封面

这是广义上的疯狂群像。在这一意义上，人类性格中任何驶离理性的、非善的、失衡的缺陷都可以理解为程度不同的癔症。而卡罗尔笔下的角色往往身兼各种疯职，像一群被禁闭在动物园里的姿态万千的病患：

假海龟和红心王后——受虐/施虐妄想症

假海龟的登场是《漫游仙境》里最趣味盎然的片断之一。红心王后的逻辑如下：只要存在假海龟汤，就一定存在假海龟，哪怕她的听众爱丽丝从未尝过或听闻过假海龟汤。这儿的逻辑暴力就是专制地假定听众必定知道某物，因为与该物相关的另一物是众所周知的（实际上却只有说话者一人知道）。

“仙境”中盛行的另一种逻辑：两样发音相似的事物必是同一种事物，或至少是意义近似之物。假海龟管自己的校长叫作“乌龟”，因为他“教我们”[①]；学校的课时每天都会“减少”，因为他们上的是“课”[②]；绘画课上，他学习“磨蹭、伸腿、在

① “乌龟”（tortoise）与“教我们”（taught us）的英语发音相近。

② “减少”（lessen）与“课”（lesson）发音一致。

线圈里昏倒”；常规课程则包括“转圈和翻腾”；数学各科则由“野心、分心、丑化、嘲笑”组成[1]。而这一切对于假海龟一点都不滑稽，而是值得深深叹息的事——“仿佛他的心都碎了”。他自怜自哀的长篇独白始于一句话：“曾经，我是一只真海龟。”而当爱丽丝询问鹰头狮，假海龟为何如此悲伤时，前者回答，“这不过是他的想象罢了；你知道，他其实一点也不悲伤”。——听起来和红心王后的情况如出一辙：红心王后在槌球场上永远有着数不尽的莫名肝火，她不断歇斯底里地尖叫，不断砍掉在场者的头，以至于半小时后球场上只剩下红心国王、爱丽丝和红心王后本人。鹰头狮此时又一针见血：“这都是她的想象：他们从没砍过任何人的头。”

或许，卡罗尔让红心王后安排爱丽丝去见假海龟，这并非巧合：红心王后和假海龟的疯病像是一枚硬币的两面，翻一下手掌就可以互换。

---

① “磨蹭、伸腿、在线圈里昏倒”（Drawling, Stretching and Fainting in Coils）与“线绘、素描、油画”（Drawing, Sketching and Painting in Oil）发音相近；“转圈和翻腾”（Reeling and Writhing）与“阅读和写作”（Reading and Writing）发音相近；“野心、分心、丑化、嘲笑”（Ambition, Distraction, Uglification, and Derision）与“加、减、乘、除”（Addition, Subtraction, Multiplication, Division）发音相近。

疯帽匠、三月兔、睡鼠
戴尔斯伯里教区教堂中的系列纪念彩窗之一

疯帽匠、三月兔、睡鼠——天才病

天才与疯狂是双生花，《漫游仙境》第七章《疯狂的茶会》很可以改名叫作《天才的茶会》。马克·埃德蒙·琼斯（Marc Edmund Jones）说："天才不过是得到了合理运用的疯狂。"区别在于，一个潜在的天才，其反常和放诞之处若过早地被庸人发现、曲解、歧视、魔化，进而方便地贴上疯人的标签，那他的天才之花也许就无法圆满地绽放。疯狂是需要疗治或者活该被驱逐的病症，天才却始终笼罩在神秘叵测的谜团里，在一股因为无法接近而愈发显得美丽的飓风里得到了保护。

毫无疑问，"疯狂茶会"上的四位茶客在某种意义上都是天才——也都是疯子。三月兔的怀表只显示日期，不显示钟点，因为他家周围的时间每天都驻留在同一时刻。疯狂将现实高度浓缩，以至于"当下"在一个迥然不同的扭曲的维度上变成了"永恒"——这正是在"疯狂茶会"上发生的事。疯狂的巅峰同时也是天才的巅峰，正是在那样一个难以承受的狂喜的时刻，艺术家终于能够为手艺祭上自己的血肉，终于得到了不朽。时间恰恰由于其转瞬即逝的本质而被长久延续，在天才 / 疯人的疆土上，这也算不上什么悖论。

爱丽丝走近茶桌时，疯帽匠和三月兔高喊着："没地方了！没地方了！"而爱丽丝则为他们不让她加入而愤愤不平——这也暗示了天才之国的高度竞争性和排他性。在四个茶客中，那只大部分时间都睡得人事不省的睡鼠事实上是最伟大的艺术家。它在被固定下来的永恒时光内部再造了一重永恒，仿佛它就是孕育了宇宙万物的初始的静思本身。苏醒时，睡鼠讲述了一个关于三姐妹住在蜜糖井里的故事：三姐妹从井中不断打捞出由"M"开头的事物，比如捕鼠器（mouse-trap）、月亮（moon）和回忆（memory）。一个人既然"住在"井里，又如何能从井中"打捞出"东西？这对于睡鼠来说是完全合乎逻辑的，同时，它又在半梦半醒的神游中肆意玩着诸如"在井中"（in well）和"深深在内"（well in）的文字游戏，一边乐此不疲地生造出"多之多"（much of muchness）这样的短语。认真游戏恰是智力过剩的表现。虽然漫不经心、被动、嘻嘻哈哈、鼾声震天，睡鼠却是在天才之路上走了最远路的人，难怪疯帽匠和三月兔要成天欺负它，捶它，打它，把它塞进茶壶里——嫉妒是天才们从未能完全战胜的软肋。

爱丽丝——沿疯狂的漩涡逆流而上的幽灵

很难找出一个比卡罗尔在“爱丽丝之书”里颠覆了更多约定俗成的社会期望的维多利亚作家。在“仙境”里，审判不正义，槌球游戏不公平，茶会不文明，公爵夫人的仆人不服从公爵夫人，公爵夫人不高雅，作为母亲对孩子漠不关心（随手把婴儿抛给了爱丽丝）。在“镜中世界”里，爱丽丝往前方的山丘走，却回到了身后的房子里；白王后先尖声嚎叫，再流血，再被刺伤手指；红王后必须得竭尽全力飞跑，才能停在原处，如果要去别处，速度就得比“竭尽全力”还要快上一倍。这是个疯狂的世界。“异乡人”爱丽丝使出了全身解数去挑战它、拯救它——比如，她试着阻止公爵夫人的婴孩变成一头猪——却总是碰一鼻子灰，而她邂逅的那些疯狂的动物则不遗余力地嘲笑她的思维方式。

然而，她确实成功地保持了一个真正探险家的那种不屈不挠的姿态；或许在对抗疯狂的战役中，这是唯一合适的姿态。换句话说，在普遍的疯狂中保持智慧的唯一办法就是自己也变疯。小心翼翼聆听着真理之声的耳朵，孜孜不倦寻求着启示之

卡罗尔相机镜头下扮成乞丐的小爱丽丝

光的眼睛，这两者在这样的一场终极航海里都是徒劳无益的工具。要使船只平稳，必须要保持一种漫不经心的专注，一种既反讽又庄严的态度。这轻盈是一种秘密的知识，尚未进入青春期的女童爱丽丝对此有天然的了解——因为对于被我们称作健全而明智的这个世界，她了解得尚不够多。

四 “卡罗尔之谜”与渡渡鸟

长久以来困扰传记作家的所谓“卡罗尔之谜”（The Carroll Myth），其中心疑团自然是：卡罗尔是否萝莉控/恋童癖？正面证据包括：作为英国第一批摆弄相机的摄影师，卡罗尔拍摄的三千多张照片中有一半以上以裸体或半裸体的小女孩为主题；卡罗尔终身未娶，对成年女人始终兴趣索然；上文引用的《镜中奇遇》的结尾诗是藏头诗，每句首字母连起来就是现实中爱丽丝的全名 Alice Pleasance Liddell。卡罗尔 1853 年至 1863 年间的日记失踪了四卷之多，恰在 1863 年，他与交情深厚的黎黛尔一家断了联系；学者们揣测丢失的日记里记载了 1863 年卡罗尔向年方十一的小爱丽丝求婚一事，也包括其他形形色色的恋童癖证据，因此亲属们为了顾全家族脸面毁弃了这部分日记……近年来为卡罗尔翻案的学者也不少，尤其是 1996 年卡罗琳·里奇（Karoline Leach）在道得森家族档案里发现了所谓“剪下的日记文件”后——该文件显示，卡罗尔与黎黛尔一家不再往来与小爱丽丝毫无关系，而是由于一些关于他和黎黛尔家家庭女教师之间绯闻的谣言——翻案者如胡格斯·勒贝黎（Hugues Lebailly）指出，卡罗尔拍摄女童的嗜好属于“维多利亚时代孩童崇拜”（Victorian Child Cult）的一部分：当时人们视裸体孩童为纯洁的象征，而拍摄裸童是一项诸多摄影家竞相从事的主流而时髦的事业。上述发现日记文件的里奇则进一步指出，卡罗尔也喜欢成年女性——无论对方已婚未婚——甚至进一步提供了他与几名熟女之间风流韵事的证据。

这些和我一点关系也没有。和写下两本“爱丽丝之书”的怪叔叔卡罗尔一点关系也没有。没错，他的确天生木讷羞涩，终身结巴，童年时代的一场高烧又导致单耳失聪；他也的确对古灵精怪的小女孩怀有深沉的柔情——未必完全不含欲望，任何看过卡罗尔拍摄的小爱丽丝肖像的人都能感受到这点，仿佛镜头已代替他完成了对小女神的无言爱抚。然而那又如何？在《漫游仙境》第三章中，爱丽丝奋力游离了自己的眼泪汇成的水池，而岸边站着一群湿淋淋的动物，其中有一只表情肃穆

卡罗尔自摄肖像

的渡渡鸟。据说这是卡罗尔在书中给自己安插的角色，因为“渡渡鸟”（Dodo）的发音与“道得森”（Dodgson）的首音节相似，尤其在一个口吃症患者那儿。我更愿意相信这是卡罗尔对小爱丽丝——也是对自己无法言明的情感——的一次含蓄致意：在一个疯狂全面得胜的世界里，渡渡鸟无力驮起爱丽丝飞往理性之岛（它自己早已是这疯狂的一部分），但至少可以安排一次哪怕同样疯狂的“长跑竞赛”，让爱丽丝晾干满身的眼泪，并且在竞赛结束时，庄重地给爱丽丝颁发一枚（虽然是从她自己衣袋里掏出来的）“优美的顶针”。渡渡鸟明白自己无法以爱丽丝或所谓理性世界能够接受的方式去看护她，守卫她，于是选择站在遥远的池岸上，默默地做了它唯一能做的事。

2008年，同样是一个明媚和煦的夏日，我来到位于牛津市圣阿尔黛茨街83号的“爱丽丝之屋”（Alice's Shop）。这里曾经是爱丽丝·黎黛尔每天买糖果的杂货铺，卡罗尔笔下那只用十四副棒针织毛衣的老绵羊的商店就是以此地为原型，而约翰·泰尼尔爵士（Sir John Tenniel）在为《镜中奇遇》所配的精美绝伦的插图里，也忠实地保留了店铺内部的细节——只是，你或许也猜到了，一切都是左右颠倒的。穿过两旁林林总总的纪念品，我向昏暗逼仄的店铺深处走去，果然在房间尽头的木门上发现了一只雪白的玩具绵羊。

从“爱丽丝之屋”左转走十分钟，就到了卡罗尔几乎度过一生的牛津大学基督堂学院。在汤姆方院（Tom Quadrangle）右侧富丽堂皇的都铎式大堂（Great Hall）里——卡罗尔曾在这里用过八千余顿晚餐——我在高悬于两侧墙壁上的历代王室和校长肖像的无声注视中前行，终于找到了位于尽头的“爱丽丝之窗”。阳光透过彩绘玻璃纯净的蓝紫色和黝黯的金绿色折射进来，映得角落里的假海龟、三月兔、疯帽匠、公爵夫人都仿佛失却了重量，于刹那间甩脱了属水的疯狂，头一次获得了轻盈蹁跹的舞姿。而卡罗尔的一帧小像在左数第一扇窗上温和地俯瞰下方，正对着小爱丽丝永远澄澈、永不畏惧的目光。

骑士文学 ABC

——《高文爵士与绿骑士》之伪原型批评

“噢，骑士之花，您就这样在单独的一击中过早倒下！噢，拉曼查的全部荣光……”

对十四世纪以中古英语西北方言写作的匿名诗人“珍珠”（*Pearl*-Poet）而言，高文爵士（Sir Gawain）才是骑士界的奇葩。头韵体罗曼司《高文爵士与绿骑士》（*Sir Gawain and the Green Knight*，下文简称《高文爵士》）中，高文的风韵盖过了亚瑟王，盖过了兰斯洛（Lancelot）和珀西华（Percival），更休提闲坐在圆桌旁唠家常的骑士众了。《高文爵士》成就了高文爵士和英语语言，败坏了骑士文学；对此心知肚明的塞万提

“断头游戏”

《高文爵士与绿骑士》原手稿插图，十四世纪，今藏大英图书馆

斯不得不时常竖一根无名指，抹去嘴角的笑纹。

Agon：“阿攻”，希腊文“冲突”——骑士文学最受欢迎、最本质的母题。多数情况下，一个永不长大、永不发展的主人公披荆斩棘，被卷入一又一场的阿攻，直至他——或作者本人——精疲力竭，瘫软在地，再也攻不动为止。高潮部分总有神兽登场，毒龙或者巨蟒；在《高文爵士》中，终极阿攻发生在绿教堂（Green Chapel）中——别睡着了，凭着圣杯和亚瑟王郁郁葱葱的胡须，我发誓最后几页绝不会令您失望。

Beheading Game：断头游戏——不，不，施洗者约翰可不是莎乐美断头游戏的受害者，他只是断头的受害者。如假包换的断头游戏须到《高文爵士》中去找。“让我一斧子砍了你的头吧，明年我让你砍我的”——迷人、慷慨、轻佻，这一建议可能首次出现于八或九世纪的爱尔兰史诗《布利克琉的盛宴》（*Bricriu's Feast*），后来又在十二或十三世纪的法国罗曼司《卡拉多之书》（*Le Livre de Caradoc*）中回荡。我们的珍珠诗人对这些作品熟稔于心。

Common Enemy of Man：人类共同的大敌——麦克白给撒旦起的绰号。绿骑士是怎样一种敌人？是《贝奥武甫》中的格伦达尔、《尼伯龙人之歌》中的巨龙还是《埃达》中的世界之蛇？凯尔特神话中毛茸茸的绿巨人？毛莨仙女（Morgan le Fay）造出来颠覆亚瑟王统治的弗兰肯斯坦？怎样的一种反派角色会考验人、嘲弄人、惩罚人、逼人忏悔、赦免人，最后又随便被发配去了“任何他高兴去的地方”（第 2461 行）？绿骑士究竟是人类共同的大敌还是人类共同的益友？他是不是良心本身？

Devil：魔鬼——可怜的绿骑士！他既不是经典恶棍，也不是经典恶魔。他是那种代替上帝诱惑人类的魔鬼，恰似《约伯记》中的撒旦。他不过是老实扮演自己的角色罢了，他额上的“D”像蜡烛背面的雕花一样忽暗忽明。可怜的人！他的位置是在塔罗牌里。

Exchange of Winnings：交换猎物——又一个经典母题。如“断头游戏”一样，它建立在公平交易的誓约之上，是对诚实的考验。波提拉克爵士（Sir Bertilak）保证把林中狩猎所得全部交给高文，来换取高文在城堡中的“狩猎”所得；高文将得自于波提拉克夫人的香吻如数还给她丈夫，却藏起了该夫人赠送的绿腰带——背誓的结果是高文落入了绿教堂，参见“地狱”。

Femme Fatale：致命女性——或称“快活女郎”（Lady of

Pleasure)。经典的女勾引家：苏美尔人的伊休塔（Ishtar）、希腊人的喀耳刻（Circe）或卡吕普索（Calypso）、希伯来人的莉莉丝（Lilith，亚当的第一任妻）——她们为了自己的情欲而施展媚术。波提拉克夫人不同。她勾引，却是为了自己丈夫的缘故，波提拉克两口子是考验“圆桌宫廷至高无上的名誉”（第 2438 行）这一使命的同谋。

Greenness：绿色——没错，绿骑士真的是绿色的，从头到脚，从眼珠到毛发，从斧子到坐骑！如炼金术般尚未成为一门确切科学的中世纪色彩象征学在此登峰造极。绿色的积极内涵包括：春天与蔬果、年轻与精力、庄重与沉稳，永恒真理；对应的消极内涵包括：超自然性、死亡与腐败、欺骗与谋杀，不变的恶。这些特质绿骑士一件不缺。他栖身于一个充满二元对立的绿色魔方之中，生有雅努斯（Janus）的面孔。

Hell：地狱——绿教堂不是教堂，而是斜坡上一座笨重阴森的土冢，两端各开一孔，旁有泡沫奔流，中国人讲的土馒头？柏拉图的洞穴？凯尔特传说中的冥府入口？铀原子反应堆？作为高文的最后审判地，它是完美的，与此同时，高文也在这里得到了最后的赦免。珍珠诗人把一栋压根不像教堂的建筑称作教堂，到底安的什么心？绿教堂是地狱也是天堂，是一道开往两个方向的门，是中转站，或者，用原型批评之父诺斯罗普·弗莱（Northrope Frye）的话讲，是“显现点”（point of epiphany）。想想它的类似物：杰克升入云层的豆茎；莴苣姑娘 / 长发妹（Rapunzel）垂下高塔的头发；把但丁送往伊甸园的炼狱山顶。

Innocence：天真——或称赤子之心，天真的丧失是地狱的通行证。假如狭义的天真指“贞洁”，那么直到最后高文都是天真的：他顶住了“快活女郎”的投怀送抱（那可是比骑士界第一美女、亚瑟王王后桂妮薇更美的、美得不像人的波提拉克夫人！）——成了唯一可以处子之身拯救亚瑟王朝的“骑士之花”。就广义而言，在高文背着波提拉克爵士留下波夫人的辟邪腰带，以期在与绿骑士的最后决斗中受到庇佑的那一刻，他的天真已经分崩离析，不复存在了。他将信仰寄予魔法，而非上帝本身。《高文爵士》的第一、二幕吟咏着布莱克《天真之歌》的调子，第三、四幕则是不折不扣的《经验之歌》。

Jester：小丑——扑克中的大小怪（Joker）；塔罗中的愚人（the Fool）；宫廷弄臣（trickster）；变形者（Spirit Mercurius，一身红装、红胡子的波提拉克爵士正是绿骑士的

“波提拉克夫人引诱卧室中的高文”，
《高文爵士与绿骑士》原手稿插图

变身）；魔术师（sleight-of-hand artist，被高文砍了头的绿骑士高高兴兴地站在亚瑟的王宫里，一手提着自己正在说话的脑袋）；恶作剧的小鬼（poltergeist）。“小丑”正是他所效忠的“国王”的影子，一如在双子座中，两者互为伴星，永不分离，同时又可以互相转换。除夕宴席上，亚瑟王刚开口要求“来点乐子”（中古英语 meruale 直译“奇观”），绿骑士就粉墨登场，先把圆桌骑士们寒碜一顿，接着邀请亚瑟王陪他“玩个游戏”。珍珠诗人提到绿骑士时用得最多的是“gome”一词[中古英语中的“人”，与中古英语“gomen”（game，“游戏”）一词发音甚近]；尽管绿骑士是个“游戏”的“人”，却可以使国王于瞬间沦为小丑（make a fool of the king）；有时候，国王所居住的不是黄金宫，而是愚人金（fool's gold）建造的王宫。

Killing of the Impotent King：杀死阳痿的国王——多数人熟悉这一母题是通过弗雷泽（James Frazer）的人类学开山作《金枝》（*The Golden Bough*）：内米湖畔的国王一旦显示出衰老的迹象，就必须被杀死并取而代之，如此王国方可延续，王土方能常青。亚瑟王的“假汨罗”宫（Camelot）正是这样的一片王土，因亚瑟的性无能和王后与兰斯洛的奸情而寸草不生，只有处子骑士能拯救它。绿骑士起先是冲着亚瑟来的，在“假汨罗”——他以为——除了国王本人，无人敢接受断头的挑战，换句话说，绿骑士是来加速王权更迭、新老交替的。不料半路杀出个高文爵士，夺了亚瑟王的斧子，砍了绿骑士的脑袋，自愿代替亚瑟王赴黄泉——一年后，通过一场仪式性的假死，高文既拯救了王国，也拯救了国王。参见“荒原”。

Loathly Lady:“讨嫌女郎”——“快活女郎”的镜相：“两位女士相貌迥然”；“一个是金枝玉叶，一个是枯荷败柳”（第950-951 行）。珍珠诗人令毛茛仙女牵引波提拉克夫人的左手，暗示前者容貌虽丑，地位却至高无上。在这场针对亚瑟王夫妇的大挑战中，毛茛仙女才是运筹帷幄的幕后黑手，老智者 / 魔术师默林（Merlin）前情人的身份更赋予她几多神秘色彩。在不少中世纪传奇中，“讨嫌女郎”和“快活女郎”往往合二为一，丑妇常在主人公同意娶她或吻她后摇身变作窈窕淑女——参见乔叟《坎特伯雷故事集》（*The Canterbury Tales*）中“巴斯妇的故事”；约翰 · 高厄《情人的忏悔》（*Confessio Amantis*）中“弗洛伦的故事”；以及《高文爵士与拉格妮尔夫人的婚礼》（*The Wedding of Sir Gawain and Dame Ragnelle*）。

Masquerade：假面舞会——没有假面舞会的罗曼司不是罗曼司。莎士比亚对此心知肚明，王尔德专门为它撰写了一篇论文《面具的真理》（*The Truth of Masks*）。在波提拉克爵士棋盘般的迷宫里，以波爵士夫妇为首的黑棋们来回奔波，殷勤招待，舞姿蹁跹；而身为白棋的高文爵士却不知道，他是这场群舞中唯一没戴面具的人。

New Year's Day：元旦——《高文爵士》始于元旦当日，发生在"一年零一天"而不是"一年"内，征途漫漫，旧轮回被新季节替代，圆规舞完一周，并拢双腿。《高文爵士》共有一百零一个而不是一百个诗节，珍珠诗人用心良苦。除《高文爵士》外，珍珠诗人另有长诗《珍珠》（*Pearl*）、《清洁》（*Cleanness*）和《坚忍》（*Patience*）传世，收录于同一份"珍珠"手稿（大英图书馆柯顿·尼禄A.X.手稿），数字101亦在这三部作品中挑了大梁。

Old Wise Man：老智者——救主、宗师、精神律的化身，代表了"智识、反思、洞察力、智慧、聪明和直觉，另一方面也代表道德品质，比如慈悲和乐善好施"，荣格在《原型与集体无意识》中如是说。一直以来我心中都有一个脚步颤巍巍，拄桃花心木拐杖，美髯飘飘，动辄爱抚晚辈脑袋，说话微言大义的慈祥老爷爷形象，但《高文爵士》中的老法师默林彻底颠覆了我的预设——他压根就没有登场。

Pentangle：五角星——又名五芒星、无穷结（Endless Knot）、德鲁伊祭司的脚丫（Druid's Foot），可以一笔不断地画下它。它是炼金术师、巫师、毕达哥拉斯主义者和诺斯替派教徒的最爱，也是高文盾牌上的唯一指定纹章。《高文爵士》是关于高文的五种美德、五种智慧、五根指头、基督的五处伤口、圣母的五种至乐（第 28 节）的故事——这么赤裸裸的象征，着实叫人不好意思称之为象征。

Quest：探险——在中世纪以流浪或朝圣的形式呈现，一般可以划分为三部分：让英雄热身的小战斗、终极决战、大团圆 / 英雄的身份得到认可。对应的希腊文：阿攻、怕瘦死（pathos，“苦痛”）、唉那个奴隶先死（anagnorisis，“发现”）。《高文爵士》在结构上血肉匀停，无懈可击。

Ritual Object：仪式物——波提拉克夫人从腰间解下赠予高文的绿腰带是暧昧的：赠者有意，受者无心；确切地说，波夫人送出的是定情物，高文却将它作为护身符接受——也不看看腰带的颜色！于是乎，该信物成了他永世背负的十字，时刻提醒他自己曾犯下的错误。

Sparagmos：死怕啦哥莫死，希腊文“肢解”——复活或重生前须经历的仪式性死亡。希腊天神乌拉诺斯（Uranus）和吟游琴手俄耳甫斯（Orpheus）的命运、欧里庇得斯《酒神的伴侣》一剧中国王彭透斯（Pentheus）的结局、埃及冥神奥西里斯（Osiris）重生的故事、圣餐礼（Eucharist）……都是对“肢解”母题的回应。找到被切下的男根对于主人公的复活至关重要，在乌拉诺斯和奥西里斯的传说中尤其如此。文学传统中，“断头”不过是阉割的一种司空见惯的婉辞。正如莎乐美一心想得到施洗约翰的头颅，绿骑士索要的正是亚瑟王的首级——老国王日渐式微的性能力的象征（头颅被认为是一种退化的男根）。

Threefold Rhythm of Practically Everything：万物的三步曲——“三”是第一个纯阳数，代表光、精神上的觉醒和统合。在《高文爵士》中，在一切罗曼司中，“三”是举足轻重的数字：高文在波提拉克的城堡里住了三夜、波夫人三次向他求欢、与波爵士进行了三次猎物交换、绿骑士砍了他三斧子……高文在林中祈求上帝赐予他庇护所并连叹三口气后，波提拉克的城堡就拔地而起了。骑士们生活在一个多么可预测的世界里啊。

Uncertainty Principle: “测不准定律” ——唯一适用于一切文学杰作的、无条件的、毋庸置疑的终极真理。忘了我至今为止的唧唧歪歪吧。

Veni, Vidi, Vici: “我来了，我看见，我征服” ——适用于任何骑士文学主人公的完美墓志铭。愿他们安息。

Waste Land:《荒原》——在全诗第一节中，诗人就把亚瑟王的英格兰称作被“战争、世仇和奇迹”统治的、“狂欢与错误”并行的土地。王国已经从内部开始衰朽了，“假汨罗”宫中的喜宴不过是装点门面的泡沫繁荣。基督教中也可找到这种“荒原”类比：主人公基督—高文爵士；大魔头撒旦—绿骑士；老迈无能的亚当—亚瑟王；亚当是基督之祖—亚瑟是高文的叔叔（在传奇故事中，叔叔和养父一样，不过是父亲的变体）；教会是被（基督）拯救的新娘—英格兰是（通过高文）重又变得肥沃的荒原。

X'mas：圣诞——参见“元旦”。

Yo-yo：溜溜球——在任何一本中世纪文学理论词典中翻到“交错法”（interlace）或“叙事技巧”。诗人在叙述高文在波提拉克城堡中的历险时严格遵照了交错法：从床上到森林，从森林到床上，往复不已，乐此不疲。

Zoo：动物园——和迷失在密林深处的但丁一样，高文在征途中遇见了各色各样的传统中世纪寓言兽：龙、狼、公牛、熊、野猪、食人妖（第720-723行）。我们能否相信，对高文而言，波提拉克爵士三次狩猎所得（鹿、野猪和狐狸）恰恰对应中古寓言系统中的三种恶（肉体、恶魔和世界），需要被一一克服？不妨抛硬币决定吧，正面我赢，反面你输。

灵视盘里的格斗家

——王敖的短诗与狄博士的镜子

伊丽莎白一世与詹姆士一世时代的英国颇似鬼屋一栋：对黑暗中世纪的迷思早已化身一缕尖叫隐入墙纸，文艺复兴似残灯一盏摇摇欲灭滴下缤纷烛泪，推开那扇圆窗向外眺望，或者凝视墙上油画框中航海家阴郁的眼睛，似乎可以看到启蒙之光忽闪在前方夜色中。桌上堆着莎士比亚第一对开本（已经少许落了灰），版画本《浮士德博士》（带有马洛的亲笔签名），以及成山的地图、角规、星盘、六分仪、重力锤。这些仪器的收藏家和设计者，伊丽莎白宫中的御用魔法师，人称"狄博士"的约翰·狄（John Dee），首先是光学大师、数学家、棱镜工

狄博士手抄拉丁文《密码志》中的星图
原作者为十五世纪德国本笃会僧侣约翰尼斯·特里瑟弥乌斯

匠、水晶球艺人，然后是占星师、通灵人、卡巴拉学者、炼金术士；其佚作包括《论燃烧镜》、《整体的镜子，或为英国托钵僧罗杰·培根辩护：这位伟大的哲学家取得的成就并非借魔鬼之手，如无知的民众所认为的那样，而是浑然天成》，遗作有《象形单字》(1564)、《为比林斯雷的欧几里得译本所作的序》(1570)、《论七大行星的神秘统御》(1583)等。在狄的年代，魔法与科学不过是一枚硬币的两面，同属于一项对象遍及宇宙的解密工程，而世界及其中万物就是一场盛大的光学表演——或曰神显。

诗集《王道士的孤独之心俱乐部》无法不让人想起狄博士的群镜——狄的镜子又称灵视盘，凝神其中便可与天使或精怪交流，询天问地，以答案改造现实。譬如，狄就是这样为伊丽莎白一世选定了登基吉日（1559年1月15日），并为女王的大航海时代绘制秘密航图。王敖的诗歌亦能改造现实，一种精密的、微醺的、致幻的、心理和语言可能性层面上的新现实。那渐入的尖新的快感如空华般易逝而绝对不可把握，注意力稍稍懈怠就可能错过，但我几乎不曾识得一种更确凿、更经得住反复蹈踏的现实，也不曾在阅读的短暂而高强度的紧绷后体会过一种更美妙的松弛。实际上，王敖并非兰波或者前期的叶芝那一类型的幻视诗人，我相信他并非特意与后两者纯熟玩于掌心的古典诗体和韵律划清界限，只不过他的灵视活动找到了更自然、更接近其本质肌理的节拍器，一如美酒淌入独一无二的酒瓶。这样的诗可被反复消耗却无法被减损，其结构近似于一棵向着天空不断伸展分杈的花树；正是一种类似的动量——狂欢之欲与究秘之欲（或曰向圣之欲）的杂糅——诱使古代希伯来人发明了用以祭祀的枝形高烛台，光是《但以理书》中的匆匆一瞥就足以令我们心旌神摇。比如这一首《绝句》：

最后离开的赢了，他们找到的地狱

香缈幽邃的一枝，仍在猜想，仍在节律之滨

微转。他们传递的浮花，为什么不朽

像海之镜上，浪蕊的荧光，让我们在岸边奔跑

边相信，太平犬也来自一颗星。

又比如这首《王道士与水晶人》（摘选），我将它理解为一套有机榫合的“绝句”：

1

在花粉点颤的世界里，你找不到

水晶人敲断的火焰，他的鼻子橙黄

双手划桨，仿佛河边的宇航员

他坐在一匹小马的方向盘身后，踩着更清脆的蹄音

跟丝丝泄露的煤气一起，来到我的雪夜，来到我冰湖般的床前

当我在半昏迷的家里，羡慕着某一瞬的幽光

2

为他逝去的那个时刻，有刺猬在翻滚中称王

频频点头，左右刺破，当花粉的圣坛崩解，现出沙漏的绞架……

那世界里的偶然叫命运的轮轴厂，昨天的命运仿佛停电的赌船

只有黑暗的骰子声，与穿透蝶翅的雨点，在交头接耳

3

……

我和水晶人之间，无法商谈的悖谬成直角的战场，散发月坑中起伏的徒然

春风吹过砍落的马耳，带着一种葡萄香，散入不需要秘密的天空

再见。没有回家的我，转身就是纵深的卷须与排浪，却没有柯勒律治之花

该如何看待这些幽黯而闪烁的幻境，既然它们诞生于音节与词义之间的罅缝，在各就各位后又诱发了更多的罅缝和深渊？它们是一组幻境终端机，一如令小爱丽丝无比挫败却流连忘返的仙境与镜中世界吗？拿最简短的第一首《绝句》来说，我们看到的是一个但丁设计着击鼓传花的新规则吗？是巴比伦人把星辰崇拜的绝症传染给了冯梦龙？是路易斯安那州的飓风减速为小龙卷吗？我可以不间断地数下去，直至把这短短五行编作一本幻境百科，因为《绝句》本质上是一

种留白的、诱人书写的、临界爆炸的写作，就像日全食周围飘逸的日珥。王敖写下了许多这一类型的短诗，它们的行进方式近似一场基因突变的分形运动，每根手指的尖端分别生出掌纹各异却遥相呼应的手掌，又好似捷克导演扬·史云梅耶的黏土动画。

机械、军火、金属、矿物、地质、鸟类学、爵士乐……他诗中博物志式的视野再次让我们想起了狄博士。约翰·狄式的形而上学的基础其实是以数学为主要方法论的赫尔墨斯秘教（即使披戴基督教的面纱）——也就是说，几何学服务于制镜工艺（有时是水晶球技术），进而帮助他捕捉天使的踪影和灵启；反之也一样，通灵中天使的暗示或首肯坚定和完善着狄的科学知识体系。与其说狄博士致力于整饬玄学与数学这两极所代表的思维方式，莫如说它们在他的心智习惯中从来就密不可分，共同构成了他一生追求的背景。“如果你对反射光学很熟练”，狄写道，“你就能够将任何星球的光束比自然界更强烈地反射过来。”这里，“任何星球”和“比自然界更强烈”是值得深玩的措辞。狄的声名在随即到来的理性时代中遭到了贬抑，人们称他为巫师、招魂者、假先知，或者中性一点的，“玛古斯”（大魔法师），忘记了他的首要实践方法和背后的实证精神，一如他们对待一辈又一辈的炼金术师和星相学家。对诗人王敖而言，不存在这种年代误植的危险，在看似局限的文字格斗场上，他以一种与狄类似的消弭界限的精神（或许两人的星盘上都有一颗强力的海王星），翻新着隐喻与字面之间的摩擦系数，将我们带往比狄的大航海计划更远的地方：

半月峡湾的落日，与奔跑着把人群
赶向黑夜的裸警，是不是睡眠抄袭死亡的一次曝光

还是多枝的天空下，持灯的鸢尾花背着螳螂，调笑这拿镰刀的

（《绝句》）

又如：

无数新生的圆我路过，观察之后，爬上房顶，继续往前走，太阳落山
空气中闪着冷光，我突然用四只手转动自己，上升到静

止中

（《圆》）

如我们在以上两首短诗中所见，《王道士的孤独之心俱乐部》中有不少作品可被看作关于生存体验乃至诗艺本身的寓言。只是，与《玫瑰传奇》《声誉之宫》《金盾》这类经典中世纪寓言诗不同，他的寓意通常无迹可寻，且极少暴露作者自身。《绝句》中，持灯的若是鸢尾，它在调笑谁，握镰的若是螳螂，躲藏又何为？还是说，这场谐趣却步步惊心的格斗，伤害的只是和双方一样多枝的天空吗？此处的修辞简直让人想起盎格鲁—撒克逊人或者古斯堪的纳维亚人在其史诗中惯用的“迂回隐喻”（kenning）——中世纪维京人称战士为“战斗的苹果树”或“持利器的槭树”，火焰是“椴树的毁灭者”，黄金是“海上的火焰”，大海则是“鲸鱼之路”，如此循环往复——然而王敖的隐喻绝无程式和代码可言，一切都是词面在流动和碰撞中炸出的异次元空间。《圆》中的“我”终于寻回了闻名于《会饮》的那种失落的至福，携新近回归的另一半自己，上升到月亮以上的世界共柏拉图谈笑吗？阐释在诗歌脉脉不语的张力面前总会显得松松垮垮，再丰富也将归于贫乏，因为诗，一如瓦莱里所言，“乃是声音与意义之间被延长的犹豫”（Le poème, cette hésitation prolongée entre le son et le sens）。就这一点而言，《圆》可被看作一首尤为纯粹的论诗歌及其生成过程的“元诗”。

与我们在前期叶芝身上看到的那种因全然沉浸并栖身于纷纭意象而导致的人性的缺席不同——诚然，诗歌中过分冷静和剔透、完成度极高的美往往伴随着一定程度上诗人的退隐，而拥有一种超验的、无我的、入梵的表象，因为“现实”的血气会败坏这类灵视诗歌的纯度，在王敖这里也不例外——与叶芝那种主动放弃一部分个性而成为一件乐器，任本民族新近从古卷中发掘出来的神话和史诗传统通过自己的身体发出淙淙泠泠的乐音，或是自愿成为塔罗牌大阿卡纳系统中的“最高祭司”，任天启神、精灵乃至凡人（叶芝曾通过记录其妻乔琪·海德—莉丝在入神状态中的“口谕”来从事所谓的“自动写作”）通过诗人的唇舌来传递信息的那种“无我”不同，王敖看似不动声色的诗句中其实饱含着高度个人化的感情，即使经过了大量的抽离节制和修辞转换，仍可窥见那些隐在暗处、蓄势待发的疾风暴雨。这个特点在他那些书写或者看似书写爱情的诗中表现得尤为特出，比如以下这三首《绝句》：

那个俊俏的爬树的，已经换上

长裙的你，总是你，在我醒来时，逗弄着

我饱经风霜的小孩心理，我的眼神

像我体内慌慌的力量，流窜在你的指尖，说着爱神啊

（2009）

醉的船只，载我们上床，醉拳之后

怎能不相爱，就像核桃啊，躺在樱桃的身边

要静静相对，又想要交欢——

带我们回去吧，手臂上枕着脸庞，透澈的眼睛仿佛

落泪的水苍玉；有人要从树上落下；还有人在枝头红着胸前

（2003）

很遗憾，我正在失去

记忆，我梳头，失去记忆，我闭上眼睛

这朵花正在衰老，我深呼吸，仍记不住，这笑声

我侧身躺下，帽子忘了摘，我想到一个新名字，比玫瑰都要美

（2001）

耳朵，这是使得工作中的王道士区分于狄博士的那种卓绝的感官，即使两人都是耐心的望镜者——后者的光学之境与前者的词语之镜。我之所以偏爱以上这三首诗，是因为我完全迷醉于其中内在的、不依傍任何韵学传统的、几乎逼近了神秘的节奏；他的逗号不是蝌蚪却是冰激凌上的脆果仁，带来最直接的生理快感，使得断句这一行为几乎有了情色意味。王敖的诗韵向读者要求的是张开的内耳、屏住的呼吸。一位化名为 chloroplast 的植物学家、诗人曾说："文字的平衡不是静止，而是如拔河角力"；另一位诗人费鲁文将之阐发如下："二人角力，一蹲一踞，绳虽不动，但力在绳上，飞鸟欲落而不能。弓开满月、引而不发，箭虽不动，但锋芒所向，无不悚然。此均静定而具万般动象动静合一之境……饱满、充实，无限之可能性，自在其中，高深渊妙，莫过于此。"我想，王敖最好的那些诗，确能担当得起这两段话所指向的诗歌境界。

这是极高的境界，我们的庄子熟悉这境界，当万般动静合

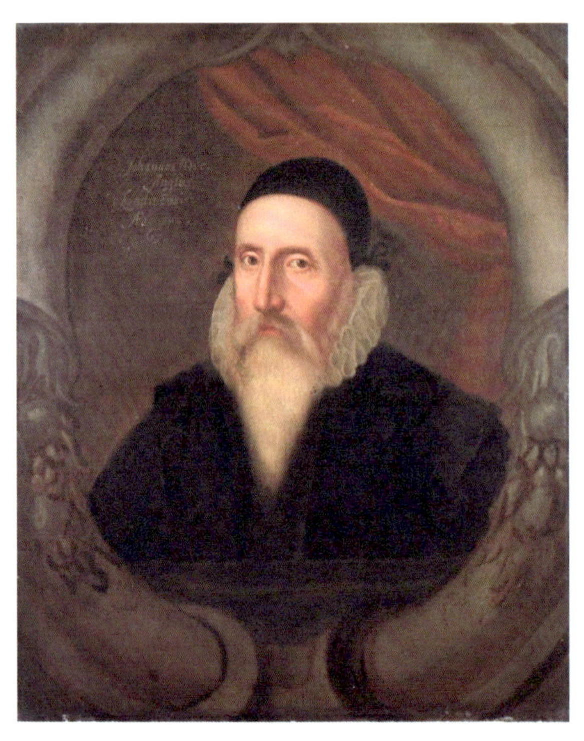

狄博士 67 岁肖像，十六世纪佚名画家作

一都落眼于语言之无限的可能性——可能性，恰恰是今日之汉语诗歌写作亟需拓深、能赠予每一位作者与读者的最基本也最宝贵的价值。和所有对自己的手艺绝对严肃并致力于将它逐步固定下来的诗人一样，王敖的写法有其局限性，不过，这局限也时常表现为摄人的专注，以蹈空的舞姿（轻逸是它的表象），旋成射往无限之箭。约翰·狄博士在布满灰尘的实验室里不舍昼夜地设计水晶球，为自己生于一个“自然界似乎就要泄露自己秘密的时代而万分激动”；令王道士激动的，我想，该是某种截然不同的预感，当他坐在风雪中，等待“落入空海的镜球……去谜团里建国”（《菩萨之歌》）。昔日雅各在雅博渡口与神摔跤而幸存，从此更名为“以色列”，而王敖以“自我天启”式的想象力与之频频过招的，乃是至高的虚空本身。在这一意义上，恰如布莱克之于英国素体诗传统，王敖或可被称为中国新诗史上第一位纯然的灵视型诗人，正是：

> 谁在生命的中途，赐予我们新生，让失望而落的
>
> 神话大全与绝句的花序，重回枝头
>
> 中年的摇篮，荡漾着睡前双蛇的玩具，致酒水含毒

遥呼空中无名的，无伤的夜，是空柯自折一曲，让翡翠煎黄了金翅

（《子夜歌》）

手艺人论手艺

——加德纳《成为小说家》和《小说的艺术》

在雷蒙德·卡佛（Raymond Carver）的记忆中，约翰·加德纳（John Champlin Gardner Jr.）的外在保守得不像个小说家：永远不变的白衬衫黑西装配领带，长老会牧师或联邦调查局员工式的平头，主日去教堂做礼拜，开一辆没有无线电的黑色雪佛兰——大学一年级时，带着妻子和两个婴孩的卡佛在奇科州立学院选上了加德纳的写作课，后者是卡佛见过的第一个“真正的作家”。

加德纳并非毫无作家范儿，比如上课时一刻不停地在教室里吸烟（卡佛上学那会儿没人这么做，今天，你也得魅力十足才适合这么做)，比如对学生说些诸如“能找到多少福克纳的书就读多少，然后读遍海明威，好把福克纳扫地出门”这样的铿锵句式。但这只是细枝末节。加德纳其实是最实在和严谨的人，脚踏实地的写作者，脚踏实地的教学者。正是秉着这股几近偏执的实在和严谨——苏珊·桑塔格会管那叫作土星气质，我愿意称之为“无癫意的持续自燃”——他给我们留下了十卷评论、两卷诗集、五本童书、五本短篇小说集和八部小说。尽管毫不歇斯底里，尽管努力可持续发展，自燃终归是自燃——加德纳年仅四十九岁就与世长辞。他留下的遗产是丰硕的，与此同时，他培养了卡佛等高足——卡佛在为加德纳《成为小说家》(*On Becoming a Novelist*, 1983)一书所作的序中如数家珍地回忆起后者为他逐个修改逗号的场景，也正是在加德纳手稿堆积如山的办公室里，被开小灶的卡佛每逢周六周日便伏案劳作，包括生命中第一次尝试严肃写作。

我开始熟悉加德纳却有个更加冷僻和意外的缘起：既非通过他的小说，也不是通过下文要详谈的《成为小说家》和《小说的艺术》(*The Art of Fiction*, 1983)这两部书。2008年，为了查找十四世纪中古英语“头韵复兴”代表作家“高文诗人”[*Gawain*-poet，又称“珍珠诗人”(*pearl*-poet)]的文献，我几乎跑遍了上海各大图书馆，最后只在学校文科西文书库一个蛛网垂荡的角落里找到了唯一一本研究“高文诗人”的专著，作者正是约翰·加德纳。读毕这本蒙了厚厚一层灰的《高文诗人作品全集》(1965)，不禁对这个当时不知何方神圣的加德纳深深感佩：他不仅精通中古英语，以一己之力将高文诗人的全部诗作译成了流畅又不失古味的现代英语——从晦涩的西北部柴郡方言翻译，而不是乔叟使用的那种后来成为现代英语鼻祖的伦敦方言——更是个神学功底、训诂能力、文献综述能力和艺术鉴赏力均属上乘的好学者，知识面之广泛和考究之缜密令人感佩。[1] 后来在《成为小说家》的内封上发现《高文诗人作品全集》时，许久我才反应过来，此加德纳即彼加德纳：中世纪学家、小说家、评论家、杰出教师、永动机。

加德纳在《成为小说家》的自序中说：“本书是为这样的新手小说家而写的：他已经弄明白，写得好比仅仅写到能出版

---

① 本文写于 2010 年。在选择高文诗人作为博士论文研究对象并于 2011-2015 年在都柏林大学对他的作品全集进行专题研究后，目前我认为，加德纳这部 1960 年代的译本存在诸多局限（比如为了在译诗中体现原诗的音乐性和修辞风格，该译本有时对中古英语词汇的语义处理得不够精确），但仍是那个年代不可多得的研究型译著，毕竟当时距离《珍珠》手稿被发现以及高文诗人初次进入研究者视野尚不足百年。

的程度要愉悦得多。”此言一出，话者的艺术准则已经一清二楚。然而不要以为这是个满脑子高调，只为并不存在的理想读者而写作的清谈家，加德纳这两本关于小说写作的专著恰恰是同类作品中最诚实和具有可操作性的。从作家的教育到出版的秘密，从古典小说到元小说，从美学法则到具体技巧，加德纳以平实的文风和生动的举例，向每一个有志于成为真正小说家的年轻人呈现着虚构世界的内在肌理，成功地证明了他自己的观点：小说写作的技艺是可以教授的，至少在某些层面上。

一 遣词造句——词疯子、波丽安娜与反波丽安娜

哪些因素对于成为一名小说家来说是必不可少的？加德纳在《成为小说家》第一章中归纳了四点：对语言的敏感性、精确而新鲜的视角、小说家独有的智力、着魔般的强迫症。语言敏感性显然是最基本的，然而加德纳警告我们切莫走到反面：诗人、短篇小说家和长篇小说家，其工作对词语敏感度的要求是不同的。在（长篇）小说家身上，“过分灵敏的耳朵有时反而会成为缺陷”。如果说诗人必须对语言的内在音乐性（远不仅仅是韵律）和单个词语的表达效果锱珠必较，而短篇小说家

由于必须在较短时间内展现故事的力度，也不得不反复浓缩和提炼语言，长篇小说家首先关注的却并非语言。假如一个小说家计较词语更甚于计较故事，他就很难制造出加德纳所说的那种“持久而生动的梦幻”。一个痴迷于词语的人可以成为一名杰出的诗人，可以在全国字谜拼图大赛上折桂，可以写出被小圈子赞赏的披着小说外衣的试验作品，却不大可能成为一流小说家，因为他的气质与小说家是不相称的。成为小说家就是要与世界保持亲密无间的关系，毫无顾虑地投身其中——那使人物跃然纸上的无数细节、对围绕虚构人物身边的种种闲言碎语的持久关注、对“接下来要发生什么”的天真强调、对某天天气的精确描述——这一切在“词疯子”看来是那么愚蠢和单调，它们淹没了他的个体性，令他喘不过气。

“词疯子”会热爱一部分特殊的“智性小说家”，比如司汤达、福楼拜、写《芬尼根守灵夜》时的乔伊斯，或许还有纳博科夫；然而对那些长于描绘现实世界之喧嚣与骚动的作者，“词疯子”却只能欣赏他们的手艺中次要的部分，比如狄更斯、托尔斯泰、梅尔维尔和索尔·贝娄。他们较难欣赏也写不了传统意义上的一流小说，是因为他们具有一种与现实保持距离的秉性，那些琐碎而过分真实的人间烟火会败坏了他们的血气。

假如他们有幸出生在贵族尚未衰亡的年代，有幸找到一个充当庇护所的美学小圈子，好把他们与尘世、与庸碌奔忙的人群隔开——与血肉之躯的真实处境隔开——兴许他们能使奇迹发生。他们能胜任的只是那抽离了普遍人性的小说，“普遍人性”在他们眼里太过平淡无奇，不值得倾注目光。在商业运作盛行的民主时代，“词疯子”得极度自负并且极度顽固，才可能坚持写下去。他们的作品自有其价值，然而深深的孤立感会在他心中徘徊不去，仿佛这个时代承受不了他的天才，而他就像一只故意偏离了牧群的独羊，背负着看不见的重担。无论这是实情还是“词疯子”的错觉，既然他对大部分有经验的读者爱读的那类小说不感兴趣，对自己的特殊小圈子又没什么深刻的感情——半带嘲讽地保持距离，这正是他的天性，加德纳称之为“福楼拜式的对人类的憎恨与怀疑”——也许他一生中只能写成一两本书，或是一本也写不成。

很难否认上述观点的真实性，然而在长篇累牍的论述中，加德纳有时也难免矫枉过正之嫌：“不消说，大多数对语言过分关注的作家并不会走上这种极端——什么故事都不说。通常，这类作家也会表现人物、行动，还有其他，但他们却把这些包裹在一层由美丽的噪声织就的云雾中，永远让说话的方式阻扰着要说的内容。”事实上，说话的方式与内容并不是瓶与酒之间的物理关系，却是一种彼此包含、相互成就的化学关系，有时候，为了要出色地诉说一件事，就需要为它发明独一无二的形式。菲茨杰拉德深谙个中奥妙，他在给女儿弗朗西丝的一封信中说：“没有人想成为作家就可以成为作家。如果你有要说的东西，任何你觉得前人没有说过的东西，你必须绝望地感受到它，以至于你能找到前人从未找到的方式去诉说它，直到你要说的内容和你诉说它的方式融为一体，密不可分，仿佛它们孕育于同一时刻。”[①]——这样一种对表达方式的竭力较真，在加德纳看来往往是喧宾夺主，会产生“矫揉造作”的作品（他把“矫揉造作”又分成“僵硬型”和“多愁善感型”）。然而产生这种结果的原因并不在于作者过分关注语言，而恰恰在于他对语言的感知力和驾驭能力尚不够纯熟，不足以知道该为怎样的内容发明怎样不可取代的诉说方式。菲茨杰拉德在同一封信里接着说：“你所感受到和思考过的事物自己会发明一种新风格，当人们在谈论风格时总是对风格的新颖感到吃惊，因为他们认为自己谈论的只是风格，但他们谈论的其实是为了

---

① 参见F.S.菲茨杰拉德散文与书信集《崩溃》（黄昱宁、包慧怡译，上海译文出版社，2009）。

表达新观点而作的某种尝试——表达得如此有力，以至于这种尝试便带有了思想本身的原创性。”两位小说家在对小说技艺看法上的微妙分歧也体现在他们的作品风格中。

加德纳接着提到，比对语言过分敏感更糟，几乎没有希望成为小说家的，是那种拥有无可救药的扭曲语感的人。其中最显著的一类就是“波丽安娜”（Pollyanna）——美国小说家埃莉诺·波特（Eleanor H. Porter）作品中盲目乐观的女主人公。波丽安娜们的笔尖几乎是难以自制地流淌出这样的短语：“她眼里闪着快乐的光”、“那对可爱的双胞胎”、“他发自内心地大笑”——没有生命力的句子，像 Windows 桌面一般规整便捷、无动于衷、唾手可得的表达法。一个人要对每日的生活和自己的感情波动怎样漠然，才会发展出这种机械套用温情脉脉的陈词滥调的习惯？类似的表达还有：“她抑住了一声啜泣”、“友好地咧嘴一笑”、“他宽阔的肩头”、“她嘴唇弯弯，露出一丝微笑”、“赤褐色的发卷盘绕着她的脸蛋”。加德纳将“波丽安娜”称作“人们所知道的应对麻烦时最好用的面具”，这张面具在写作时甚至比日常生活中出现得更频繁，以至于书写竟成了美化现实、使现实更加琐碎庸常的工具——加德纳将之归咎于早年的学校教育，以及教师们灌输的那些你好我好大家好的情感模式。其实，这一切常常仅是出于懒惰和散漫——人类的两大常态，与乔治·奥威尔在《政治与英语语言》（*Politics and the English Language*）一文中抨击的使得现代英语失去表现力的种种恶习背后的心态如出一辙。而建立在如此人生态度基础上的小说自然很快会使人生厌：如果害怕暴露自己，还是干点写小说以外的行当比较安全。

“波丽安娜”的镜相是“反波丽安娜”——那些最常见诸科幻小说、西部小说和悬疑惊悚故事的“行话”，由斜体字、粗鄙的俚语、随时插入的外国词组成的特殊口吻，往往伴随着逗号的消失，底下是无根据的愤世嫉俗和虚无主义，为的只是令古板的人震惊。结果谁都没有震惊，读者只是感觉受到了冒犯，因为这一切都是如此俗气，是对已被模仿过无数次的事物的再度模仿。加德纳强调，“反玻丽安娜”并不是比“波丽安娜”更糟糕的人，他们同样是头脑简单地渴望善、正义和神圣的理想主义者，不过是风格不同而已。与波丽安娜们相反，反波丽安娜们赶时髦地将一切都贬得一文不值，归根结底是没有能力把握住真实的经验并将之转换成艺术，他们不是对真实的世界视而不见，就是费尽心思地简化它。

二 谋篇布局——费希特曲线与哈特利关联树

如果说《成为小说家》主要尝试解决的是初出茅庐者的焦虑（作家的秉性、教育、出版与存活之道），并帮助每一个怀有小说家之梦的年轻人检验自己是否适合入行，《小说的艺术》处理的则主要是技术层面，后者的第二部分《关于小说写作过程的笔记》探讨了从常见错误到谋篇布局的一系列具体问题。

加德纳把设计情节的方法归为三类：1）从传统文学或真实的日常生活中借用情节；2）从高潮开始倒叙；3）从某个初始情境开始顺叙。其中又包含因果顺序、论证顺序（前后事件之间存在非因果的逻辑联系，比如对赫拉克勒斯的十二件功绩的叙述）、"流浪汉"顺序（比如《堂吉诃德》）、平行象征顺序（比如《贝奥武甫》）、抒情诗顺序（比如普鲁斯特和伍尔芙）等。而那些同时诉诸智力与情感的结构要比纯智性的结构更有力，二者相较，纯智性的结构更容易搭建。卡夫卡的《乡村医生》乍读之下便能让人感觉其中蕴含着某种神秘莫测的逻辑，我们会首先倾向于将之归功于对事物本质的一种浑然天成的洞悉，然而一旦我们发现这篇故事是严格的寓意写作，每个部件都如数学般精确，我们就会觉得它牵强、人工味太重。加德纳提醒我们，在今天这个智性写作备受推崇的时代，不妨回忆一下那些打动我们最深的作者——比如荷马、莎士比亚、托尔斯泰——与那些以智性方式谋篇布局的作家之间的区别，后者包括但丁、斯宾塞、斯威夫特等。一篇故事中如果有某种秘密的逻辑能被我们感知，却无法被猜中，这篇故事就会魅力无穷；反之，若我们疑心它是构筑在纯智性的框架之上，事先经过作者万无一失的测算，或仅仅是缘起于作者一次疯狂的异想天开，我们就会产生疑虑，犹豫是否有读完全书的必要。

其中最简单也最难的是按照因果顺序写就的小说——加德纳借用亚里士多德术语，称之为“实现型小说”（实现：“energeia”，亚里士多德对隐藏在人物和情境中的潜力之实现的称呼）——说它简单的原因显而易见，说它难则是因为它最无法伪装。实现型小说一般可分为说明、发展和结局三大部分，在冲突展开的过程中，外力和内力同时作用于主人公，其中一些迫使他倾向于某种行动轨迹，另一些则拉他离开这种轨迹。加德纳援引著名的“费希特曲线”形象地说明了这一过程：三角形的底 a 代表主人公在常态下——也就是当他只关心安全和稳定性时——的行动轨迹，三角形的左腰 b 代表主人公事实上采取的行动轨迹，其间的困惑和挣扎由一系列由上而下指向 b 的箭头和一系列反方向指向 b 的箭头组成，前者代表与主人公的意志作对的那些力量（敌人、习俗、自然法则等），后者代表支持他的力量。b 的顶点，即 a 所对的那只角，代表小说的高潮时刻，由此下降的三角形右腰 c 则代表随后发生的事情，即“结局”：冲突得到了或即将得到解决，主人公的意志不是取得了胜利就是被彻底挫败，他的境遇再次达到了某种平衡状态——由于 b（即小说的“发展”部分）实际上并非平滑的直线，而是通过一系列越来越强烈的小高潮（小说章回的节奏）向上延展，所以 b 的轨迹更类似于一段段首尾相接的圆弧，像是降落伞的边缘——这就是所谓的“费希特曲线”，而小说的“说明”部分必须在费希特曲线 b 上升至顶点前完成。

“说明”包含读者了解人物的性格和处境所需要的一切信息，也就是小说所有可能被“实现”的潜力。显然，作者若对“发展”所要包含的内容没有清晰的预见，或对“结局”没有一星半点的概念，他的“说明”部分注定会失败。同时，他也不能在前三十页里把“说明”一股脑儿塞给读者——部分一流的俄国作家也未能避免这种错误——而是要巧妙而循序渐进地搭建、安插、填嵌；他不能仅仅把信息告诉读者，而是要通过戏剧行动来呈现“说明”部分的内容;“说明”中呈现的情境必须是不稳定的，这样人物才会被推动着去行动和做出改变——在加德纳那里，小说中的人物如果没有行动的能力，不能按照自己的意愿做出道德抉择，他或她就不适合成为小说人物。按照费希特曲线，“说明”和“发展”部分如果搭筑得耐心得体，始于 b 之顶点的“结局”会如雪崩般飞落而下，而小说家要做的就是描述一块块个别山石的坠落。

至于加德纳花功夫举例阐释的另一种设计情节的诀窍“哈特利关联树”，其原理非常简单：人们总是容易被事物之间不断增强的关联性所打动，一如柯勒律治所言：渐次复杂的关联体系能赋予文学作品力量。关联性并非简单的重复或变奏就可做到，而是要将人、事、物、地巧妙地串成每一颗珠子都彼此反射、交相辉映的项链。假设 a 代表一双血迹斑斑的鞋，初次被发现于一棵柳树 b 下，c 是一所孤儿院，读者初次遇见 c 是在一场暴风雨 d 中，e 代表一个女人的吻，这个吻发生在火车 f 上，那么，下文中再次提及血鞋 a 时，柳树 b 也会在读者的记忆中泛起。同理，孤儿院将带动暴风雨的回忆，火车将成为吻的回声。假设下文中柳树和孤儿院同时出现，读者也将难以逃出血鞋和暴风雨投下的阴影，如此，四者之间又建立了新的联系，当下文出现四者之一时，另三者也会以微妙的方式作用于读者的心灵。依此类推，最终 abcdef 六者之间将建立起一个规模较大的关联体系，整部小说便由一个个愈发复杂庞大的关联体系构成，最终成为一棵枝叶相覆的葳蕤大树，一件精致繁复的玲珑乐器。你敲击它身上任一部分，都会在其他零部件深处引起或洪亮或隐忍的回音。

比起其他一些小说家谈论自己手艺的作品（昆德拉《小说的艺术》、伍尔芙《论小说与小说家》、戴维·洛奇《小说的艺术》等），加德纳的这两本显得不那么才华横溢，更像是循循善诱的教学用书——事实上它们也的确是，且已确认了在同类书中的经典地位。对于认真地想要投身于小说写作的人而言，它们很可能是最有帮助的两本书。他对小说的道德性的强调不入后现代主义者的法眼——事实上，加德纳的“道德性”并非宗教或文化含义上的，而是指小说的艺术必须致力于发现普遍和恒久长存的人类价值观；他对元小说、解构主义小说和“爵士小说”之深层价值的质疑在今天也绝不入流；他所教授的一些近乎机械的技法（“哈特利关联树”就是一例）具体操作起来恐怕会事倍功半，然而任何仔细读过这两本书的读者都会对小说家的处境和小说写作这门手艺有更清晰、全面和深入的了解，这一点是没有问题的。对于所有“没有什么比写小说更能给他带去愉悦和满足”（加德纳在《成为小说家》的序言中锁定了这一类人作为他的预期读者）的人，《成为小说家》和《小说的艺术》应该成为案头的常备书。

想象的玻璃上真实的窗花

“诗歌可以被看作一种词语的磋商：在意识与无意识之间，在注意力休憩于虚空中、随时准备迎接别处灵感之地，以及人类聚精会神、让严苛的技艺找到自己的天然之家的地方。下面是关于诗艺的九组冥想……关于我圆帽中任性却又意图清晰的，蜜蜂的飞行。”

这是葆拉·弥罕（Paula Meehan，1955—）接任哈利·克里夫顿担任爱尔兰国家诗歌教授，2014 年 2 月在都柏林大学就职演讲的开篇。在讲座的头半个小时里，我一直以为自己在听一首素体长诗：这位银发飘逸如雪狐、当代爱尔兰最出色的女诗人与其说是在演讲，不如说是在唱诵（chanting），低沉而向内坍塌的嗓音里飞舞着玫瑰、如尼字符、迷途的星星。毫无防备地，我的眼中被洒进了精灵花粉，当我陡然振作，发现这终究是一个凡人在读一篇散文——散文！多么亲和，多易于掌控！我确信能自如地从中抽捻出逻辑之丝，确定所处的经纬。可我已经迷失太深，代达罗斯用纤亮的蜂蜜建造他的纯金迷宫，弥罕也用语词的芬芳——或者莫如说是词源的芬芳——引诱了我。我一步步深入蓝紫色的琉璃苣花园（琉璃苣，别名星花、蜜蜂花，花汁掺上酒就是荷马笔下完美的忘忧汤，弥罕提醒我们；而伯克则在《忧郁的剖析》中喃喃道："它能很好地缓解从薄暮时分的抑郁中升起的乌烟瘴气。"），抛掷在地上的词语形成一种诱饵路标，我循踪而去，去到花园香气最甚的深处，我忘记了但丁的法则，忘了倒着爬上地狱最深处撒旦躯干的人将在地球另一端落脚，而花园的中心恰恰通向花园墙外。站在墙外，站在蜂群嗡鸣中出神，我忘了说，如伊丽莎白·毕肖普曾说过的那样，"我们已经走了这么多路"。

弥罕没有忘记说，她吐字清晰如女祭司："词源是词语的幽灵生命，每个词都带着它幽秘的历史，如果我们能追溯得足够久远，就能听到一百万年前的蜜蜂在琥珀里振翅的声响。"

弥罕活在词语的幽灵生命里，或许最好的例子是那首精巧如六边形的《阿尔忒弥斯的慰藉》——她后来将这个标题用于另一篇演讲稿——她以词源纺出阿尔忒弥斯、阿卡迪亚、北极、银叶蒿、苦艾酒之间隐形的时空之网（遗憾的是汉译永远无法捕捉这张网），为月神书写一份全新的神谱。这首诗如此开始：

我读到过，每只活着的北极熊都有着
来自同一只母熊的线粒体DNA，一只爱尔兰棕熊
一度浪游穿越了最后的冰川纪……

在同名散文中，弥罕称自己的祖父瓦特·弥罕——也就是《纪念教我读书写字的祖父瓦蒂》一诗中的瓦蒂——为“爷爷熊”。爷爷熊常扔给小熊葆拉一支铅笔和一页报纸，让她把所有字母O的中空部分涂黑。小熊被成双出现的、如一对黑眸向外凝视的实心O迷住了——月亮（moon）、昏迷（swoon）、勺子（spoon）、愚人（fool）——逐渐又向D、B、P、Q进军，直到报纸上再也不剩下含有中空部分的字母，“如此我学会了认字”。如同中世纪缮写室内的细密画家，不将空心首字母以藤蔓和异形动物装饰得满满当当就不能心安，小熊葆拉握

着笔迈出童年，迈向她的下几任精神导师：在都柏林圣三一学院是古典学家斯坦福德（W. B. Stanford），在东华盛顿大学（弥罕在那里获得写作奖学金并取得 MFA 学位）则是旅美爱尔兰诗人麦考莱（James J. McAuley，弥罕将组诗《堪舆》中的《老教授》一篇献给他），以及美国垮掉派诗人施耐德（Gary Snyder）。

但她并非什么优等生型诗人，实际上，出生于都柏林市北郊芬格拉斯工人家庭的弥罕集齐了一个叛逆青春期的寻常要素：疯狂地玩摇滚写话剧、挑战修女和教会权威、组织抗议被初中（圣米迦勒圣信修道院）开除。此后她进入职业学校，靠自学考进圣三一学院："在那个年代的都柏林，万事万物都在向我们低语：女孩不需要教育。我们学习的都是些为了让年轻姑娘进入服务业或是工厂的技能。很早就能读写，这成了我的独立武器。"弥罕对自己阶级和性别身份的绝对坦诚是她最有力的那部分诗歌的衬底，借用爱尔兰现任总统、诗人希金斯（Michael D. Higgins）在她的国家诗歌教授任命礼上的话，"她焊合了来自街头和来自学院的能量"。是长诗《家》的开篇和结尾段让我视她为一位最可尊敬的同行：

我是那个靠一张音乐地图寻找归家路的盲女人。
当我体内的歌就是我从这个世界听到的歌
我就到了家。它尚未被写下，我不记得歌词。
我知道当我听到它时就是我创造了它。我将会回家。
……
这是我最后的旅途。我的诗行虽然颤颤巍巍，却为我
拼出一张有意义的地图。无论在何处，当我体内的歌
就是我从这个世界听到的歌，我会卸下重负
入睡。我会把我最后躺卧的地方叫作家。

这可能是我读过最动人的、女诗人关于自身天命的自白。如果存在什么真正的家，就是我们在这个流离溃散的世界上用手艺为自己筑造的家；如果存在一条归家路，就是我们将自己精炼成宇宙音乐无阻通过的乐器之路。诗中的“地图”是弥罕最心爱的意象之一，在《田野之死》一诗中，地图测绘属于机械记忆的阵营，在《家》中却是一种理解乃至参与创造个人命运的会呼吸的工具，一如她工具箱中的其他：塔罗牌（弥罕使用的是元素塔罗）、古典占星术、易卜。她运用它们如卡尔维诺写作《命运交叉的城堡》或霍杜罗夫斯基拍摄《圣山》，而

非闵福德解《周易》。由八十一首短诗组成、每首诗长九行、每行诗含九个音节的长篇组诗《堪舆》(*Geomantic*)是弥罕这一写作特色的集大成之作。拙文起笔之时恰逢圣布丽吉特日(*Imbolc*，布丽吉特为爱尔兰女性的主保圣人，诗人、井水和矿物的守护者，其圣节被称作“诗人之春”)前夕，上海落着罕见的鹅毛大雪，都柏林照旧细雨淅沥，是夜弥罕从都柏林给我寄来八十一首中的最后两首，并附言:“我将《堪舆》献给圣布丽吉特，一位藏在多重伪装下的异教缪思，也愿她对你的劳作充满善意。”我想《堪舆》一定受到了九位缪思的共同祝福，它就像一头骨骼精巧、皮毛华丽的巨兽，匀称地呼吸着走出语言的莽林，骄傲地抖去耳后新鲜的落雪。《淮南子》载:“堪，天道也；舆，地道也。”堪舆即天地之学，以河图洛书为基础，结合八卦九星和阴阳五行的生克制化而自成理论，糅合了天道运行、地气流转和人世悲欢，故而我没有将诗题“Geomantic”译作“风水”：弥罕这组倾注心血的长诗有更恢弘也更幽微的形而上和美学上的野心。

去年一月，因为一个美妙的巧合，正在都柏林北郊霍斯湾沿海散步的弥罕和我受邀走进了叶芝度过少年时期、写下第一首诗的房间(这栋位于霍斯的故居门口虽然挂有蓝色匾额，如今却是私人住宅，并不对外开放）：狭小的房间里开着一扇更狭小的窗，正对着缎子蓝的海面以及不远处海中央的小岛“爱尔兰之眼”。沐浴在破窗而入的带盐味的海风中，我想着那个曾沐浴着同样的海风在纸上涂抹音节的少年。“我最喜欢作为梦想家的叶芝，”身边的弥罕喃喃道，“而不是作为剧院经理和政治活动家的他。”我无法忘记弥罕是一位和叶芝一样醉心玄学的诗人，更无法忘记她是一位或许比后者更有成就的剧作家：在业已出版的《被冬日标记的人》《法身》《画雨》等十本诗集之外，她还是十余部话剧、广播剧、改编剧的作者，赢得过和诗歌奖项同样多的剧作奖。在近作《献给狗的音乐：三部广播剧》中，你会发现爱尔兰这个戏剧与诗歌之国为我们带来一位对两门手艺同样精通的好女巫。

弥罕曾在答《爱尔兰时报》的一次采访中说：“写诗就像孩子蹲在窗边，用呼吸在玻璃上吹出霜花。所有人都做过。而我依然在做。”译介者的工作也如此。谨以此微末的努力献给那个永恒的孩子，那些我们一起在霍斯海滩上留下的脚印，并献给每一位弥罕的读者，愿你们想象的玻璃上凝满真实的霜花。

身为艺术家的批评家

提到王尔德，一些人首先想到的是他的同性恋案，他的奇装异服，他的花花公子作派，进而预先在心里给他贴上“秀而不实”的标签。我觉得这是件很可惜的事。王尔德的艺术哲学其实是很大、很奇也很瑰丽的。假如我是19世纪英国的金圣叹，我想我会毫不犹豫地把他的《意图集》(*Intentions*, 1891)归入“才子书”——作为一本批评集，更作为一件艺术品。

《意图集》是王尔德唯一的文论集，统共只收了四篇文章，却充溢着王尔德式温文尔雅的雄辩、放诞不经的反论(paradox)、美不胜收的奇喻(conceit)和匪夷所思的才智

（wit）。合卷的刹那，我想到的是他在《供年轻人使用的至理名言》中给出的一句话：“在所有不重要的事物中，风格，而非真诚，是最基本的东西。而在所有重要的事物当中，同样是风格，而非真诚，是最基本的东西。”我并非在此指责他不真诚——事实上，王尔德相当真诚——真诚地恪守了上述的文艺观念。不仅仅在批评、创作领域，他将这份真诚一直贯彻到自己的现实生活中。我们不妨就从《意图集》着手，来看一下他的艺术观和艺术实践。

一　王尔德的艺术观

艺术是什么？它的本质如何？目的何在？王尔德在《意图集》的第一篇《谎言的衰朽》中给出了他的看法。他在篇末将这些看法归纳为三条原理，为了方便起见，我们不妨就按这个顺序逐一讨论。第一条原理是这样的：“艺术除了表现它自身之外，不表现任何东西。”

这与唯美主义“为艺术而艺术”（l'art pour l'art）的观点基本一致。我们知道这一口号的提出者一般被认为是法国作家戈蒂埃（Théophile Gautier），我们也知道其背后的哲学依据是康德对“附庸美”和“自由美”的区分，而这一理论到了王尔德那儿，则成为一种对美——尤其是通过想象手段缔造的美——的顶礼膜拜。在他看来，事实在艺术领域中如果不是一文不值，至少也是价值相当有限的。他管那些以绝对逼真为目标的艺术叫作“对事实的荒唐的崇拜”，他认为奇绝的想象力，而不是肖真的模仿力，才是艺术最高贵的手段。“当艺术放弃了它的想象媒介的时候，它也就放弃了一切。”

关于艺术的目的，他说：“撒谎——讲述美而不真实的故事，乃是艺术的真正目的。”王尔德在这里有些语辞不清（这一点，不幸地或是幸运地，在他的论说文里屡见不鲜），但基于前文细致的铺陈和分析，并不影响我们明白他的意思：撒谎是达到艺术真正目的的唯一手段，而由于艺术的目的是美，这一美的手段同时也是目的。这里还有一个简易的（却不是微不足道的）三段论：艺术的目的在于美，而美的目的只在于实现其本身，所以艺术的目的只在于其本身。他进而说：“撒谎作为一门艺术，一门科学和一种社会乐趣，毫无疑义地衰朽了。古代历史学家给予我们以事实形式出现的悦人的虚构；现代小说家则给予我们虚构外表下的阴暗事实。”

的确，我们为修昔底德笔下伯罗奔尼撒半岛飞溅的浪花心旌神摇，为塔西佗笔下被尼禄烧死在十字架上的基督徒长吁短叹，然而“信”如修昔底德和塔西佗，两千多年前泛黄的残页究竟能给我们提供多少事实，现代史家已对此做出了礼貌但无情的论断，更不消提苏维托尼乌斯之类在当时就以八卦出了名的“贩卖轶事的古董商”了。然而我们依然为那个洁白的托加袍与染血的角斗场并存的时代着迷——如果罗马帝国真实的平庸和无聊一寸寸一厘厘地裸裎在我们面前，我们恐怕会吓一跳的。想象的艺术所给予的最高享受，恐怕是对于回不去的黄金年代的意淫，哪怕那个年代并不曾真正存在。正是这种意淫的艺术使整个人类的历史成为一部美的历史，使我们心灵的宇宙得以在时空二维中无限扩展。至于王尔德第二句话中所谓“现代小说家”，很可能是针对当时占文坛主导地位的现实主义，尤其是自然主义而言的。王尔德强烈反对文学题材和形式上的现代性，这一点我们留到第二条原理中再作讨论。

关于艺术目的的争论，几乎从人类开始自觉创造艺术的那一天便开始了，在这个领域里定论似乎是不可能的，我们有的只是意见。法国艺术史家丹纳在《艺术哲学》中是这样阐述艺术之目的的：“……艺术的目的是表现事物的主要特征，表现事物的某个凸出而显著的属性。”

与王尔德类似，丹纳同样认为正确的模仿并非艺术的目的，而有些艺术恰恰是有心要与实物不符的——雕塑通常只有一个色调，雕像的眼睛没有眼珠——然而正是色调的单纯和表情的淡薄构成了雕像静穆的美。然而很明显，丹纳所谓“表现事物的主要特征”依然没有触及艺术的本质问题，与其说这是种目的，莫如说这是种方法。采用这种方法所要达到的最高目的是什么？尼采会管它叫“狄俄尼索斯的醉狂”，王尔德则把它概括为美——除了实现其本身之外没有任何意图的纯粹的美。

柏格森在其《艺术的目的》中则有一段更直白也更有趣的话，他说：“在大自然和我们之间，不，在我们和我们的意识之间，垂着一层帷幕，一层对常人说来是厚的而对艺术家和诗人说来是薄得几近透明的帷幕。是哪位仙女织的这层帷幕？是出于恶意还是出于好意？”在柏格森那里，艺术依然是作为“方法”，作为“工具”而存在的，其作用在于“除去那些实际也是功利性的象征符号，除去那些为社会约定俗成的一般概念，总之是除去掩盖现实的一切东西，使我们面对现实本身”。

这里有一种与王尔德形成鲜明对照的艺术观，即艺术作为“揭幕者”，作为一种凸显真相的“中介”的存在。在《谎言的衰朽》中王尔德亦有一个关于“帷幕”的比喻，他是这样说的：“她（艺术）是一种纱幕而不是一面镜子……她的形式是‘比活人更真实的形式’，她的原型是了不起的原型。”在他那里，艺术不是什么揭幕者，艺术的全部意义就在于她作为一种美丽纱幕的本身。艺术不是一种技能，一条路，一座桥，她本身便是一个独立而完美的原型；艺术不服务于任何形而下的目标，她本身就是一种纯粹形而上的、诉诸感官和心灵的、同时几乎是超验的高尚事业。

王尔德的第一条原理试图论证的就是这样一种艺术观，这个过程基本是叫人信服的。

第二条原理则更加激进，他说：“一切坏的艺术都是返归生活和自然造成的，并且是将生活和自然上升为理想的结果。”

乍一看，这句话似乎是针对浪漫主义的——浪漫主义的宗旨之一正是要将生活和自然上升到理想的境界；稍加玩味，我更倾向于认为这句话是王尔德反现实主义，尤其是自然主义的宣言。

王尔德认为，美的事物必须与我们无关，也就是说，我们自己所处的时代是唯一不适合成为艺术主题的时代，形式上的现代性是错误的，题材上的现代性也是错误的，真正高超的艺术家应该避开这两者。

他举了赫卡柏的例子：特洛伊王后赫卡柏的悲哀之所以能成为伟大的悲剧主题，是因为她和我们毫不相干。至于那些“试图将读者的注意力引向我们的苦役犯监狱的状况和我们私人疯人院的管理问题上”、“对当代生活的弊病狂吼乱叫”的作家（他提到了狄更斯、查尔斯·里德和左拉），他们的尝试是错误的，是有悖于艺术宗旨的。

这是个典型“世纪末”（fin de siècle）气质的句子，一个带浓郁颓废主义色彩的句子。它不是毫无道理的：我们见过太多这样的例子——若不是在所谓的论战中消耗了太多的心力，一些作者在文艺和审美上的造诣一定远胜今日；“斗士”生涯磨快了他们针砭时弊的笔尖，也损耗了原本可以更臻完美的创作才华。

但是，王尔德在这里大玩了一笔诡辩，他用泛着珍珠光泽的叛逆的警句遮住了一个本来显而易见的事实——赫卡柏与我们毫不相干，这至多是帮助我们更好地欣赏其悲剧美的一种附加成分，它使我们避免在审美过程中掺入任何形式的时代烙印和政治因素，使我们能从一个最纯粹的角度去欣赏赫卡柏的悲剧美。然而真正使赫卡柏的主题成为不朽悲剧，使一代又一代的人们为之悲恸的，是它本身所包含的悲剧因素，是诉诸人类情感的某种超越国界和年代的东西——一种引起普遍和永恒的共鸣的力量——这种力量以我们意识深处共通的情感为基础，并不因为三千年的间隔而有本质上的不同。

王尔德在《谎言的衰朽》中提出的第三条——也是最著名的一条——艺术原理是这样的:“生活模仿艺术远胜于艺术模仿生活。”希腊人为了催生婴儿的美而在新娘房里放上阿波罗雕像，青年人因为蓝衣黄裤的维特死于自己的手枪而自杀，在王尔德那里，哈姆雷特甚至发明了悲观主义，“世界因为一个傀儡曾经忧郁过而变得悲哀”。事物的存在，或者说事物对于我们而言的存在，与其说是一坨原子与磁场相互作用的结果，莫若说是取决于它在我们的头脑中造成了怎样的印象——这印象是随艺术对每个头脑耕耘程度的不同而人人各异的；甚至大自然也不再以可亲可爱的哺育者形象出现，她亦是我们的创造物。

这种说法让我们想起巴门尼德或是贝克莱，以及中世纪光学家诸如罗杰·培根、罗伯特·格罗塞泰斯特等人对于视觉过程“双向性”的看法（继承自恩培多克勒、柏拉图和盖伦，以及阿拉伯光学家诸如阿尔哈森），这也代表了一种典型的中世纪开放性的感官论：视觉的发生不仅需要被见物向我们的视觉器官（眼睛）“内射”（intromission）光粒，还需要我们的眼睛也“外射”（extramission）出光并作用到被见物之上；在这个双向的过程中，被见物亦被我们的目光（字面意义上的“目之光”）所改变。假如王尔德熟悉这种中古光学观，想必会娴熟地将艺术比作我们的视觉器官，而把生活比作被我们见到的万物和世界——艺术不是被动记录和模仿生活，却是主动地参与到对世界的改造之中，使得最后看起来像是被见物由见者创造——生活模仿艺术。

昆德拉指出，安娜·卡列尼娜可以选择任何一种方式结束生命，但是车站，死亡这个难忘的主题和爱情的萌生结合在一起（安娜和渥伦斯基初遇在火车站台上，那儿刚有一个人撞死在火车下），在她绝望的那一刹那，以凄凉之美诱惑着她；《生命中不能承受之轻》里的托马斯在离弃妻儿、宣布放弃行医的刹那，体会到一种可能是他暗暗期待了很久的“黑色的醉意”；在王尔德唯一的长篇小说《道连·格雷的画像》（*The Picture of Dorian Gary*）中，道连受到一本“黄封面书”的蛊惑，几乎是为了验证罪恶之美的可能性地，一步一步滑入犯罪的泥潭——这些都是“文艺现实”中“生活模仿艺术”的例子。我们再来看生活的现实：弗吉尼亚·伍尔芙的一生几乎是由“水”这一主题串联起来的，想想她在《妇女的职业》(*Profession for Women*)一文中关于写作的奇妙比喻①，想想《墙壁上的斑点》，想想《达洛维夫人》字里行间翻飞跳跃的“波光粼粼的意识”，而她最后亦选择在水中死去：乌斯河里的自溺——安静、干净的死，知识分子的死。可以说伍尔芙在严重的精神压迫下写下那些意象时就隐隐体会到了类似的“黑色醉意”，隐隐预知了自己的结局，并最终用生命将它谱写完整。

再来说王尔德自己。我们知道，他会因为同性恋案而入狱（这一事件——无论之前旁人或是他本人如何抱以乐观的态度，认为会进一步激发他正处于巅峰状态的创作——事实证明最后不可挽回地毁坏了他的创作才华），起因是他对昆斯伯里侯爵（即他的恋人阿尔弗雷德·道格拉斯勋爵的父亲）“诽谤”的控诉。事实上，王尔德的同性恋行为证据确凿，为什么他要不顾除了道格拉斯本人外所有人的劝阻，硬要打一场根本打不赢的

---

① 参见本书《疯人们的嘉年华——重访“仙境”与“镜中世界”》一文。

官司，去证明他根本不存在的清白？年轻不知世事深浅的道格拉斯要借此反抗他的父亲，对此作了自私而任性的怂恿，然而做决定的却是王尔德本人。是否有可能，如世人所猜测的，他早就有了一种微妙复杂的自毁冲动？他是否不知不觉地模仿了他自己所创造的人物，清醒却又不自知地一步步滑向他早就隐隐预知到了的终点？

关于“生活模仿艺术”的理论，昆德拉亦有过精辟而优美的描述，他说：“人在美感的引导下，把偶然的事件变成一个主题，然后记录在生命的乐章里……人就是根据美的法则在谱写生命乐章，直至深深绝望的那一刻的到来。”就这一点而言，王尔德的确自觉或不自觉地用生命去实践了自己的艺术理论，他的代价是惨重的，然而——谁知道呢——他的荣誉也是无上的。

二　王尔德的艺术实践

二战过后，有人曾经问过叼着大雪茄烟的丘吉尔，来生愿意与谁倾心长谈？丘吉尔毫不迟疑地回答：奥斯卡·王尔德。

人们欣赏王尔德，为他痴狂，除了他本人口吐珠玑的本事和难以否认的才华之外，还因为他是个纯粹的人，一个有着真性情的人。

读王尔德的文字，我们常常会觉得他在游戏，用心地游戏。腐朽的陈规和新奇的意见同样地在他手指间如蝴蝶般自由翻飞，他像是个匠心独具却又漫不经心的艺人，将对的或是错的、美的或是不美的观点任意扭曲、揉搓、摔打，塑成独属于他自己的清新而别具一格的艺术品——以批评为载体的艺术品。表面的随意下铺垫着严谨的逻辑，看起来妙手偶成的字句散发着仿佛是酝酿了百年的醇厚的甜蜜。读他的批评是一种享受。没错，王尔德从来不板起脸来教训人，一方面这有悖于他超越道德标准的艺术观，另一方面，也因为他不相信不包含美感的东西能真正地、有益地影响别人。

席勒说，一个人只有充分是人的时候，他才游戏，只有游戏的时候，他才是一个充分的人。就这一点而言，王尔德是个不折不扣的充分的人。他桀骜不羁的姿态可能叫人气恼，他特立独行的作风可能令人难堪，然而他不做作，不矫饰，他率真地游戏着，并且以此自矜，正是这一点刺痛了他的同时代人。

在所有针对王尔德“花花公子”作派的口诛笔伐中，一个攻击的焦点是他的奇装异服，他在服饰上刻意的标新立异。

1881 年他乘“亚利桑那”号赴美，为英国的唯美主义现身说法。码头上蜂拥而至的美国记者看到的是这样一位翩翩公子：深紫上衣镶缎边，齐膝马裤配丝袜，钮孔里花瓣卷曲。于是乎，有人说他这是哗众取宠的行为艺术，有人讥他为“唯美主义的活标本”，更有人谴责他是“拜物教的一切罪恶”精心包装起来的商品。而他本人照样我行我素，继续以他生辉的妙笔和漂亮的谈吐折服着世人，同时以一种看似冷漠随便的态度经营着自己的荣誉和名声。

其实，用华服美饰表现自己的精神追求远非王尔德首创。“披发行吟泽畔”的三闾大夫还不是高唱“余幼好此奇服兮，年既老而不衰”么？我始终觉得在所有想要把外表美和内在美对立起来的努力中有一种不健康乃至病态的成分。至少在王尔德那里，外表也好，谈吐也好，都是和他的艺术信仰紧密相关的，或者说是一种癖好——正如张岱所言，“人无癖不可与交，以其无深情也”；李笠翁的说法更形象，“酷嗜之物可当灵药，可却病养生。癖之所在，性命与通，剧病得此，皆称良药”。嗜好华服既是王尔德众多癖好中的一种，又被他得体地用作宣传唯美主义的方式之一。轻浮吗？或许。然而，我们已然生活在一个高举着意义的旗帜狂飙突进的时代，太多的时候，意义的车轮叫嚣着飞驰而过，美的无用之用被漫不经心地掠过或是碾碎，蒙着尘埃四散在路边——王尔德不过是个略有先见之明的掸灰者。

谈到一个艺术家——哪怕他更多的是因为他的批评而闻世——不可能不谈他的创作。王尔德不仅将他的艺术理论付诸生活，也在自己的文艺作品里实践了这些观点。他的长篇小说《道连·格雷的画像》正是对其唯美主义艺术观的绝佳试验。

小说有一个浮士德式的主题：主人公道连·格雷因亨利爵士的点拨意识到自己身上罕见的美，对画家贝泽尔为他作的肖像喊道："如果我能够永远年轻，而让这幅画像去变老，要什么我都给！"这个无意中许下的愿成为了他背负一生的十字，从此他的每一分罪行都在画布上留下凶险可憎的印记，而他本人则永葆青春——直到他亲手向画像投出刀子，却刺死了自己为止。

毫不复杂的情节。然而情节并非王尔德所追求。这部小说震撼人之处，是作者对一个灵魂自觉的堕落过程细入肌理的剖析。王尔德在该书自序中写道："艺术家并不乞求证明任何事情。即使是天经地义的事情也是可以证明的。"如同王尔德其它一切大胆的、似是而非的隽语，对这个句子的解读似乎有无穷的可能性。第一个“证明”即一般意义上的逻辑论证——用可靠的材料来表明或断定人或事物的真实性；第二个“证明”则是一种创造“批评之美”的过程，“天经地义的事情”本不待证明，重要的是怎样把这个说服的过程变成一种艺术，也就是王尔德《身为艺术家的批评家》中宣称“批评的艺术比创造的艺术更难”的那前一种艺术。《道连·格雷的画像》做到了。王尔德自始至终都没有给出自己的立场——什么都没证明，然而他的解剖刀是够冷静也切得够深的，他让一个步步走向衰坏的灵魂在我们面前裸裎。

或许用“衰坏”这个词并不贴切，道连用灵魂的代价验证了持久的罪恶之美的可能性，虽然他有一个殉教者的结局，王尔德却并没有暗示道连的人生就一定是一种失败的、不完满的人生。群起攻之者最常说的话是这部小说“不道德”（immoral），我倒觉得与其说它“不道德”，不如说它是“非道德”或者“超越道德”（amoral）的。《道连·格雷的画像》本身是一件精湛的艺术品，除了我们所熟知的王尔德式的各种珠玑妙语，还充盈着进退自如的、诗化的奇喻，它们像是波斯地毯上捻松了的线头，在日光下慵懒地舒展着随心的美。“月亮低垂在空中，像一颗黄色的骷髅”；“精谙世故的浪头打在姑娘的耳廓上溅成微沫，老谋深算的利箭嗖嗖地飞过，没有触动她一根毫毛”；“她的服装永远给人这样的印象：仿佛是在狂怒中设计出来，在暴风雨中穿上身的”；“他从来没有读过这样一本奇书。他觉得，仿佛全世界的罪恶都穿上了精美的衣服，在柔美的笛声伴奏下默默地从他面前一一走过”……这样的奇喻颇有几分玄学派诗歌的味道，王尔德本人算不上是个了不得的诗人，然而他的诗人气质在这些俯拾即是的妙喻里得到了不经意却充分的展现，如同莎士比亚一些最好的诗篇要去他的剧本中寻找一样。

况且《道连·格雷的画像》并非丝毫不关心道德主题，王尔德并非孤独地自闭于美的天地中而对人间冷暖全然漠视。全书最关键的线索——贝泽尔为道连画的肖像——本身就是一面道德的镜子，是王尔德用来试验灵魂的无限多种可能性的道具。鸦片麻醉人的道德感，药物催眠人的道德感，而道连面前却时刻有着看得见的堕落的标记。道连对“把作恶看成实现他美感理想的一种方式”不是没有产生过怀疑，王尔德对这种怀疑的刻画真实可信。“为了追求既新鲜又愉快、同时含有奇异这一罗曼蒂克情调的要素的感觉，他常常迷恋明知同自己的秉性格格不入的各种思想，沉湎于它们潜移默化的影响，一旦领略了它们的精髓，满足了自己理智上的好奇心，便毫不犹豫地放弃了。”道连意识到他所享用的恶之美中包含了太多游戏的因素，这是一种由优越感以及智力与感官上的饥渴催生的对谬见的倾慕；一旦感官生腻，这种倾慕就彻底完蛋。在这里，我们读出了太多属于作者本人的怀疑和不安，似乎道连的不确定同时也是作者本人的不确定，作者正借着笔下人物的发展揣测自己艺术人生的结局。如霍尔布鲁克·杰克逊所说，王尔德从来没有彻底地不顾道德，他“在盘弄唯美主义的恶之花时又对它投去深表怀疑的一瞥”。事实上，正是这种作品内部的双重性赋予我们如此真切的认同感，让我们得以窥视自己心中一直隐隐感受却无从言明的立场上的矛盾。

鬼使神差地，王尔德这唯一的一部长篇小说竟和他的生活重叠到了一起。王尔德中年后的挚爱阿尔弗雷德·道格拉斯勋爵（王尔德亲昵地称之为“波西”）无论从哪方面来看都像极了小说中的道连·格雷。和道连一样，他疯狂地恋慕自己的美貌和才华；和道连一样，他为了自己的一时兴起不惜牺牲掉身边所有人，而旁人总还以为那是他孩子气或者内心单纯的表现；和道连刺杀深爱他的画家贝泽尔一样，道格拉斯给王尔德带来无止尽的痛苦和磨难——王尔德的确曾以贝泽尔自居，在一封论及该书的信里他写道:“贝泽尔·霍华德是我认为的我自己，亨利爵士是世人看到的我，而道连则是我想成为的人——也许在另一个世纪。”这句看似无稽的话其实是饱浸了酸楚的。王尔德始终宣称自己和道格拉斯的关系是纯精神的，在法庭上他是这样为自己辩护的:“这是种在本世纪不敢让人知其姓名的爱，是一位长者对一个青年的伟大感情，柏拉图把它当作哲学中最崇高的感情，我们还可以在米开朗琪罗和莎士比亚的十四行诗中见到这种感情，它是美，是优雅，是精神的，尽管如此，世人仍对它无法理解。”事实上，道格拉斯的确曾坦言，他们之间的情谊并非如世人想象的那样建立在性之上，更多的是精神恋爱。然而他仍旧把王尔德卷进了本该属于他和他父亲的纷争，并最终导致他入狱，仍旧给王尔德的精神状态以及创作力造成了无可挽回的打击；他毁坏了两个人的天才：他自己的和王尔德的。这么说或许偏激了。然而诉讼失败及至入狱服役这一事实的确使得一颗燃烧正旺的明星过早地陨落了，这颗星本来可以绽放的光芒谁也无法估量。

王尔德死后，道格拉斯过得潦倒而歇斯底里，他依然乐此不疲地与包括父亲在内的所有人打官司——他的诉讼史几乎成了伦敦的笑柄，最后在贫困和迫害妄想症的双重压迫下郁郁而终——我们再次看到了道连·格雷的面孔——这灵魂的慢性自杀者。据说他们第一次共进晚餐时，王尔德送给道格拉斯的就是签了名的《道连·格雷的画像》，在那之前后者已经把这本书看了十四、五遍——这究竟是道连预言了道格拉斯的出现，还是道格拉斯冥冥中无意地模仿了道连？究竟是艺术模仿生活，还是生活模仿了艺术？

除小说外，王尔德的剧本和童话也一样精彩。他的童话集《快乐王子及其他故事》和《石榴之家》包含了一些以英语写就的最优美和哀伤的童话，如《夜莺与蔷薇》《西班牙公主的生日》《星孩》《自私的巨人》等。后世许多评论家难以想象一个写了《道连·格雷的画像》这般“不道德”的书的人会写出如此令人落泪的故事，我想，王尔德若是有知，最可能的动作便是摆弄着钮孔里的花朵，向他们投去淡然一瞥。

小说家、清谈师、悖论家、童话作家、富有批评气质的艺术家、身为艺术家的批评家，王尔德似乎总是戴着形形色色的假面向我们呈现着真理——或者说，表演着真理：文字、意见甚至人的精神生活同样是他的道具，他忽而用想象的虹彩将它们装点得变幻斑斓，忽而用诡辩的魔笛赋予它们足以蛊惑人心的音乐气质，忽而又给它们插上形而上的翅翼，任其向地平线的另一端自在地高翔。有时他的语言是隐晦的，有时是卖弄的，有时甚至是自相矛盾的——然而那又有什么关系——如果它们能激活我们沉眠和钝惰了太久的思想？难道我们宁肯要那不偏不倚、无懈可击、其真正存在与否都是个问题的无趣的真相？不是的。生活不该是这样，艺术不该是这样。如他自己所言，艺术是一无用处的，他接下去很可能会说（但是他不说，而这正是他的魅力所在），艺术是无所不能的。它使我们能够孤独站立而不感觉荒凉，身陷樊笼仍然驰骋八方，一无所有而又一无所缺。

或许，他那篇无比精致的《自序》中的一个句子最好地概括了他给我们的启示：

“其实，艺术这面镜子反映的是照镜者，而不是生活。”

旋转木马的星空之旅

谁人不爱旋转木马？谁不爱它们闪亮的鬃毛，漆黑的眼珠，高举在空中的金色前蹄。当我还是个孩子时，华盖底下旋转木马的世界，是一整片无法被耗尽的流动的梦，隔离开黑暗、危险的事物，象征着宇宙中温柔、静谧、可把握的一切。我仍记得自己用双手紧紧握住那根刺穿小马腹背的金属杆，在那周而复始、忽上忽下、危险而甜蜜的飞驰里，向围栏外等候的母亲故作勇敢地咧嘴笑。故作勇敢不是因为害怕，而是确实知道这飞行无需任何勇敢。只要有那根贯穿顶棚与起伏的地板的金属杆——有时也会腾出一只手去抚摸小马玫瑰或天蓝色的背鬃，或是它光滑冰凉的耳朵。它是多么坚强啊，它的心已

2012 年 5 月摄于巴黎圣心教堂

2013 年 3 月摄于都柏林考古博物馆门前

经被刺穿，却不吭一声，一圈又一圈地在世上驰骋。我记得自己有时会把脸贴在马鬃上，觉得和小马成为了一体，“如果你喊疼，我会听见”，很快脸颊就会冰凉，以至于很长一段时间内我都坚持认为马儿的身体是陶瓷做成。

随着糖果质地的乐声奏响，世界登时变更了模样。外侧是逐渐汇成一帧帧西洋景的围栏，把手或下巴搭在围栏上的人群，人群外的葱茏的树木，倏忽而过却不至于快到无法辨认；内侧是镶嵌镜子的金碧辉煌的屏风，一座白日梦的镜宫，映出孩子们关于驰骋的颇不好意思的自恋。很快我会为自己确认一个喜爱的地标，这样每次经过它时就能获得一次轻微的心悸，如一只蝴蝶从耳中飞出。而当乐声渐慢，那遗憾也不可比拟，一座秘密花园正在关闭，连带着世上所有隐匿的光。我被拽着手离开，几乎想哭，回头看那顶彩灯闪烁的大帐篷，新一批的孩子正抓住金属杆，嘻嘻哈哈地攀爬或被抱上光滑的马鞍。我的时刻过去了，他们的时刻正在到来，这事是如此不可逆转，以至于童年记忆中，离开游乐场的时刻永远是黑夜降临前的黄昏。

可是，这种造梦器械拥有今天的样子不过是两个世纪以前的事。最初的旋转木马来自中东以及拜占庭的一种骑兵训练游戏，士兵们策马围绕训练场飞驰，同时在马背上向左右的同伴抛掷小球，需要高超的马术技巧。十字军东征时期，这种游戏传入欧洲，西班牙人管它叫 carosella，意大利人管它叫 garosello（当时尤指土耳其人和阿拉伯人中盛行的“小战斗”），后来演变为法语的 carrousel，德语的 Karussell 和英语的 carousel。今天，这个词除了表示旋转木马，还可指机场长途行李提取处的传送带。十七世纪时，卢浮宫庭院前的旋转木马广场上竖起了一座原始的木马装置供孩童玩耍，但广场的名字其实来自路易十四举办的花式骑术演出，“carrousel” 在当时指的正是这种逐渐取代危险的马上投枪比赛（jousting）成为盛会看点的军事训练——骑兵们不再向彼此抛掷小球，而要将长矛刺入悬在赛场上空的圆环并将圆环扯下。到了十八世纪，由人力或真马策动的旋转木马在露天欢乐集市上大受普通市民青睐。这种早先的旋马没有底盘，马儿或其他动物靠铁链固定，借助离心力向外作圆周运动。底盘直到十九世纪中叶才出现，不久，托马斯·布拉德肖发明了第一座由蒸汽策动的旋转木马，于 1861 年英国诺福克郡的艾山集市上一炮打响，从此，现代意义上的旋转木马逐渐在欧洲和美国各地进入黄金时代；机械成为那个时代最迷人的魔法师，为孩子和大人们制造了诸多吱嘎作响的蜃景，以及泛黄相片里的欢声笑语。

这一切共享一个古老的源头，我们诸多的童年玩具和游戏都暗自通向它，从那里汲梦，我却没有能力诉说，直到今年年初阅读薇依在马赛期间撰写的三篇柏拉图笔记。薇依在三篇笔记中多次引用《斐德若篇》中一段美妙的文字[①]：

话说那天上最大的首领宙斯，驾一辆带翅膀的马车，行在前头，规整、照料着所有的事物；跟在他后面的，是神们和精灵们的方阵，排成十一队……凡愿意且有能力的，都跟随他们，因为，神们的歌队中没有妒忌。每逢要赴盛会或赴宴饮，神们就陡峭地向上游到天的穹窿，直到绝顶处；神们的马车因被驾驭得好，行走平稳，驾轻就熟，其他的马车要如此上升就很难，因为，他们的马车受劣行拖累，沉甸甸的，若御车者没有好好驯服这马，他们就会被拖到地上，从上面降下来；在这里，等待灵魂的是极度的辛苦和挣扎。那些被称为不死的灵魂们呢，在到达绝顶后，他们还要出到天外，在天穹外表停留一会儿；在那里站着的时候，他们便随天体绕行，*观看天外的东西*。

天外面的地方，迄今还没有哪个地上的诗人好好歌颂过，

① 文中所引薇依及薇依所译柏拉图均出自吴雅凌译《柏拉图对话中的神》（华夏出版社，2012）。

当然也绝不会有。那天外的地方其实是这样的……无色、无形，也摸不着，唯有灵魂的驾驭者理智才看得见的东西，唯有它才属于真实的认知的那类东西，*正是在这天外的地方*……一旦灵魂终于见到那东西，就会喜乐无比，靠这滋养自己，享用*对真实的瞥见*，直到天体周行满了一圈，灵魂又被带回到原点。在周行期间，*灵魂见到正义本身，见到审慎，见到认知*，不是那种仍在生成变易中的认知……而是对真实的东西的确确实实的认知。灵魂以如此这般的方式见到了那别一番在那里的东西，并因此而振作起来，它就又下到天体的内部，驾着马车驶回自己的家。（246e-247e）

我们对柏拉图对话中灵魂马车及驭手的譬喻太过熟悉，以至于常会忽略伴随的细节，比如马车的运行轨迹。《斐德若篇》中诸神与良善灵魂的马车仪仗队既在上升下降，又作圆周运动，这种双维运动隶属于一种原型心识，或称为我们集体的大梦，我认为它就是旋转木马以及一切原理类似的游戏的内心起源。反复并不会使这类游戏失去魅力，变得单调，相反却赋予我们真实不虚的安全感，以及对下一圈运行中可能获得的更趋完美的视野的期待。在灵魂歌队的旋转木马上，环绕地球的天穹成为托举的底盘，顶帐则在没有被诗人好好歌颂过的天外。我用斜体标出了这段文字中对视觉的强调，因它所描述的灵魂的喜乐状态乃是一种由眼及心的出神，“享用对真实的瞥见”，甚至这种出神也现身于地面上的旋转木马游戏中：小小的骑手一圈比一圈更贪心地东张西望，直到沉迷于周遭介乎真实与虚幻之间的蜃景——不够真实因为那些景物似动实静，似有实无，和月下的（sublunar）/尘世上的一切相同。可以想象《斐德若篇》中马车上的灵魂在天外所凝视之物并不具有运动的表象（即使周行的马车理应赋予被凝视之物这种表象），而是如如不动的真实，“无色、无形，也摸不着……不是那种仍在生成变易中的认知”。在《斐德若篇》中，正如在其后整个中世纪认知史上，视力就是善知识的隐喻，也是爱欲之隐喻，这爱欲的对象正是善。对视力的正确运用也就是爱善，一如《王制》所言:“除非整个身体一起动，否则眼睛不可能离开黑暗转向光明。同样地，灵魂必须整个儿脱离转瞬即逝的世界，直至它有能力直视现实和现实中最明亮的东西，即我们所说的善。这是……使灵魂转向的技艺”（卷七，518b-d）。

对于这种“灵魂转向的技艺”——进而可带动眼球的转向——结合《会饮篇》中关于爱欲对象的看法，薇依有一段精彩的阐发:“人不自私。人不可能自私。惟有神是自私的。人只有学会把自己视为神的造物、为神所爱和拯救，才可能触及自爱的些许影子。否则，人不可能爱自己。一般叫作自私的，并不是自爱，而是某种视角效应。人往往从自己的角度出发看事情，事态一有变更就直呼不幸；那些发生在远处的事却根本看不见……为了避免视角的错误，唯一的做法是在空间以外、世界以外，也就是在神之中选定爱欲对象、转移自我中心”(《柏拉图的〈会饮〉释义》)。这是一种我们从《重负与神恩》起就熟悉的典型薇依式写作，一种对悖论的悖谬。人越是把眼睛投向自身，锁定自己或一己所自认为忠于的一切(情偶、朋友、家人、团体、政党、国别、某种意见)为爱欲注视的对象，就越是不可能真正看清自己和以自己为台风眼的这股台风，也不可能真正地爱自己。薇依说:“眼睛看不见自身，这清楚表明自私的不可能性”；在我们所居住的不完美的月下世界中，莫如说:“这清楚表明自私的不自然性”，或者“完美/合乎神意的幸福里没有自私的位置”。从这点而言，旋转木马像是对灵魂车队之天外历程的一次彩排，孩子们初次获得了一种不以自我为中心的全新视角。坐在不断上升下降、周而复始的模拟马匹上，他们初尝一种神秘的滋味，一次隐隐绰绰的甜蜜领会：在日常游戏之外，但同时又在其内，存在另一个微光灼烁，难以捕捉，更大、更美、更了不起的世界；那儿，“我”不再是母亲的安琪儿、唯一的国王，只是某个规模不可思议的方阵中微不足道的一员，而“我”并不感到受忽视，被冷落，心中反而充满无法言说的甜美和欢愉，一如此刻“我”在这匹周旋的小马身上尽情欢笑。

关于这类由飞升带来的全新视角，乔叟在长诗《特罗伊罗斯与克丽希达》末尾的“翻案歌”（palinode）中有一段美妙的叙述。《特罗伊罗斯与克丽希达》是乔叟除了《坎特伯雷故事集》外最受中世纪读者热爱的作品，取材于薄伽丘长诗《被爱摧残的人》及其他更早的意大利语和法语故事残篇，以特洛伊围城为背景，讲述了特洛伊王普里阿靡斯最小的儿子特洛伊罗斯的爱情悲剧。在全诗尾卷第五卷最后，失去了一切、身死沙场的特洛伊罗斯的灵魂穿越七层行星天，升至托勒密宇宙模型中的第八层“恒星天”（stellatum）。从那里，在群星奏响的和谐甜美的旋律中，他俯瞰地球上爬蚁般庸碌、无事生非的人群，发出了也许是整个中世纪最著名的笑声：

他轻盈的灵魂欣悦上升

至第八层天的凹面

在身后褪去每种元素;

从那儿,他清楚地瞥见

往来倏忽的行星,听见

天堂悦耳的旋律之和声。

从那儿,他俯瞰

这小小的,被海洋包围的

叫作地球的斑点,彻底轻看

这可悲的尘世:它尽是虚无

相比这绝顶的苍穹中

完满的幸福,最后他向

自己倒下的地方投去目光,

那些恸哭他英年早逝的人——

他们的悲伤令他心中发笑

他诅咒我们一切盲目追逐

欲望的事工,这些绝不能长久

我们本该全心专注于天堂;

他继续上升，转瞬

已抵达水星为他指定的地方。(V. 1808-27) [1]

特洛伊罗斯不仅目睹，而且耳闻了一个典型中世纪的、洋葱结构的宇宙模型的运作：最内层的地球是个被盲目欲望驱动、充满喧哗与骚动的地方，那儿诸行无常，唯一不变的就是变动；随着灵魂的上升，从转速最快的“月亮天”数起，所穿越的行星天也一层比一层缓慢、宁静、有序，但就像它们的名字所暗示的，含有“行星”(erratik sterres) 的七层天穹远非如如不动之地；只有升到恒星天时，特洛伊罗斯才能分享恒星们的恒定，朝行星诸天层和地球投去不动心的一瞥，向他人和自己曾经执着的一切 (包括爱人克丽希达对他的背誓) 报以半是自嘲、半是原谅的笑声。特洛伊罗斯的灵魂搭上了天外的旋转木马，在“天堂悦耳的旋律之和声”中，沿着古典地心说所描述的那类恒星公转的轨道，满心喜悦地穿行于星辰之间并最终发出纯洁如孩童的欢笑。和我们一般的想象不同，中世纪人并

---

① 原文为中古英语伦敦方言。See Benson, Larry D. ed., *Riverside Chaucer* (3rd edition). Oxford: OUP, 1988. 本书乔叟引诗均由作者译自该版《河滨本乔叟》，不再赘述。

不真的缺乏科学常识到相信恒星真的纹丝不动的地步，相反，他们很清楚一切只是相对而言：只有存在行星时，恒星才成为恒星。因此，可以说某颗恒星就是特洛伊罗斯灵魂的坐骑，在一个地心说的中世纪宇宙中，星辰们载着无数和特洛伊罗斯一样获得了真知的灵魂，以地球为圆心做匀速圆周运动，成为旋转木马，一如《斐德若篇》所预言，“他们还要出到天外……随天体绕行，观看天外的东西”。

乔叟笔下特洛伊罗斯的飞升显然受到但丁《天堂篇》的影响，其他来源至少还包括西塞罗的《西庇乌之梦》和五世纪作家马克罗比乌斯的《〈西庇乌之梦〉评注》，后者的影响尤其直接（乔叟的梦幻诗《声誉之宫》开篇就是对《〈西庇乌之梦〉评注》中“梦的分类”的复述和改写）。我们不妨在此处回到薇依，回到柏拉图。关于圆周运动的象征意义，薇依先是引用了《蒂迈欧篇》中的一段话——“造物主决定造出一个永恒的动态形象。他设定天体秩序，同时还造出在统一中静止不变的永恒的这种动态形象。这种形象依据数字运行，也就是我们所说的时间……为了造出时间，他造了太阳、月亮和其他五大行星，用来限定和守护时间的数”（37d; 38c）——然后将之阐发如下：

我们身上有一股向外运转的欲求，这一欲求以某个想象的未来为范畴，总是难以满足……天体的回归极有规律，未来与过去毫无分别。我们若能通过这些天体发现未来和过去的等同性，也就能在时间中感受到永恒，一旦摆脱了转向未来的欲求，我们也就摆脱了伴随这种欲求的想象，也就是谬误和谎言的唯一根源。(《〈蒂迈欧〉：创世中的属神之爱》)

在读到以上这段引文省略后之后的文字前，我在书侧匆匆写下："需要宣判匀速圆周运动对于直线运动的优越性。我们的心识只有做匀速圆周运动时才能获得真正的安宁，而所有的苦痛均来自对别处和未来的强迫性虚构。我们是否必须想象别种处境才能说服自己忍受当下？可是并不存在别种处境，除了我们此刻可以改变的心识。未来是圆周上与此刻以及千万个过去毫无二致的一枚斑点，只有搭乘明知不会带我们去任何别处的旋转木马，我们才可能真正进入未来。"可以想见，当我读到省略号之后的文字时感到的雀跃。云何应住，云何降伏其心，佛的教诲在某个段位上也就是一个圆；而佛要求我们警惕并最终摆脱的，也是一个圆。

说到这里，距离本文的开篇似乎已跑了太远，但我还想最后援引一段薇依对《蒂迈欧篇》中宇宙圆球的阐发。它属于我们这个时代的文字中罕见的高贵有力，有望使人洞见美及其一切伴生神秘的片段。同时，它是薇依一生致力的对古希腊文化与基督教神学所做的整饬与融贯的一个强力表达——这种融贯在她论肃剧的四篇笔记和论自然哲学家的三篇笔记中展开得更加完整，却也可以从这里管窥。薇依照例首先从古希腊文翻译并引用了柏拉图：

他把[世界]灵魂放在宇宙中心，使之穿越整个宇宙，又包裹宇宙的外表。他把宇宙造成一个旋转的圆球，唯一的天体，孤独而空寂，能够与自己交谈，不需要其他伙伴，满足于自知自爱。(34b)

神把这个混合体分裂成两个长条，拿这两个长条在中点交叠起来，形成一个大十字，又将每个长条环成圆圈，在交叠点的正面自相结合，同时与另一长条互相结合。他给这两个圆圈配上运动，使其沿着一条中轴线不停地自传。(36b-c)

薇依认为，34b 中柏拉图笔下的世界灵魂即神的独子，是自知自爱，自身包含三位一体的极乐生命。但 36b-c 中的同一个神却被描绘成撕裂的神："时间与空间的比例造成这种撕裂。撕裂已是某种程度的受难。"她进而援引《启示录》，说羔羊自创世以来就被宰割。这让我想起了佛为忍辱仙人时，被歌利王割截身体，节节肢解的故事。在古希腊语境中，"撕裂/肢解"（Σπαραγμός）乃神祇复活或重生前常须经历的命运，一种仪式性死亡。这种命运一再重演于天神乌拉诺斯、琴手俄耳甫斯、欧里庇得斯《酒神的伴侣》中国王彭透斯、狄俄尼索斯秘仪……非希腊语境中，埃及神话中奥西里斯的重生、中古英语长诗《高文爵士与绿骑士》中绿骑士的砍头游戏，乃至基督教圣餐礼都是对"肢解"母题的回应[①]。在论肃剧的笔记中，薇依曾将被缚的普罗米修斯比作十字架上的基督，从而在宙斯—普罗米修斯—爱若斯之间建立三位一体（《普罗米修斯》）。薇依虽未在该处提及 Σπαραγμός，然而普罗米修斯每日被啄破的腹部/啄食的肝脏，以及基督被朗基努斯之枪刺穿/被钉子撕裂的手脚共同构成的神圣五伤，两种意象之间的相似性不言而喻，并且两者都意味着几乎永恒的受难：普罗米

① 详见本书《骑士文学 ABC》一文。

修斯日复一日在岩石上忍受鹰啄直至与宙斯和解之日；基督在圣餐礼中，在我们每日掰开面包的中反复被撕裂直到最后审判——自古典时期至中世纪的诸多雕塑与绘画作品中，朗基努斯之枪刺穿基督身体的位置与普罗米修斯被鹰嘴剖开的部位十分接近（横膈膜以下，肚脐以上），我认为这绝非偶然。

这就将我们引向薇依对《蒂迈欧篇》中柏拉图之圆的阐发："柏拉图用作譬喻的两个圆圈，一个是限定天体周日运动的赤道线，另一个是限定太阳周年运动的黄道线。两个圆圈的交叉点就是春分。在柏拉图时代，春分点在白羊座；太阳经过这一点（月亮处于相对的点）的时期正好是复活节。我们如以阅读旧约的精神状态来阅读柏拉图，也许会从这几行文字中看出一个预言……在天体和日月的运转中浮现出一个同为三位一体和十字架的形象。"

如果试着在纸上画下，或用两根草茎搭出这个奇特的模型，我们会发现根据视角不同，它可以是圆与圆、圆与直线、直线与直线，只是缺了柏拉图提到的那根中轴线。那会是地轴吗？会穿过典型中世纪 T–O 型地图上 T 之双臂的交点吗？它是须弥山吗？我的心再次飞往童年的旋转木马，飞往贯穿顶帐与底盘中心那根镶满镜子的立柱，以及我曾无数次紧握在手心的金属杆。成年后我继续路过各式各样满载着音乐与色彩的旋转木马，其中有些虽然华丽炫目，却已在反复印刷的明信片中褪去了部分灵光，比如埃菲尔铁塔和泰晤士河畔的那两座；有些随着移动的狂欢节而来，拆卸便捷，几天后就与嘉年华的欢声一起消失无踪，比如雨雪交加的圣帕特里克节当日，我在都柏林考古博物馆门口独自搭乘的那一座；还有一些美好得太不真实，如火山罅缝中泻出的彩虹瀑布，即使只有惊鸿一瞥，也是性命攸关时刻。我没有能力诉说那些时刻，随着昔日伴我欢愉的人永久逝入各自生命的沙河，那已是死无对证的时刻，仅保存于我一个人的灵魂显像管中。为了最后这些随时有消失之虞的旋转木马我写下这篇文字，我确实在寒冬的夜空，在孤高璀璨的群星中见过它们。它们永不疲倦地穿行于世界与世界的驿站间，向我诉说着难解的偈。其中有一些，也许类似于薇依《蒂迈欧》笔记中最后的话：

在理智层面上作为必然的枷锁，在更高层面上就是美，就是对神的顺服……

我们要从灵魂深处明白一点：必然只是美的一面，另一面是善。这样，所有让人感到必然的，强迫、苦难、悲痛、阻碍，全称为爱的附加理由。有个民间说法，一个学徒受了伤，就是这门行业进入他的身体。同样，一旦我们明白了，也就可以理解，苦难是美本身进入我们的身体。

美，就是神之子。

灵知派教义中的两类蛇

他们在专用的箱中养蛇，到了行秘仪的时刻，他们一边在桌上放置面包，一边哄蛇出洞……（蛇）爬上了桌子，在面包里尽情翻滚，他们声称：这就是“完美的祝谢”。这就是为什么，我听说他们不仅“掰开面包”，把蛇在其中打过滚的面包分给领圣餐者，还要一一亲吻蛇的嘴唇……他们匍匐在蛇前……在蛇的加持下向至高的天父唱诵赞歌，他们的神秘圣餐便以这样的形式收尾。

（《药柜》，*Πανάριον*，约成书于公元 380 年）

这就是撒拉米斯的主教爱庇芳纽（Epiphanius of Salamis）

卡拉瓦乔《美杜莎》

在其代表作《药柜》中对诺斯替派圣餐礼的描述。《药柜》的拉丁文译本题为“驳异端”(*Adversus Haereses*),也就是说,书中的每一味“药”都是针对某支异端的解毒剂——书中共罗列了八十种五花八门的大小异端,爱庇芳纽甚至文采斐然地将它们比作各种有毒的动物,比如把他的敌人、深受新柏拉图主义影响的希腊教父奥利金(Origen)称为“一只聒噪的蟾蜍,由于水分过多,就呱呱叫得越来越起劲”;把遵循犹太律法的伊便尼派(Ebonites)称作“多种形状的怪物,往往现身为九头蛇许德拉”;诺斯替派(灵知派)则被比作一种最可怕的蛇,被咬的人甚至“没有痛感”。上述对邪恶圣餐礼的描述专指灵知派的一支“奥菲特派”(ὄφιανοι),此派别的名字恰恰来自希腊语“蛇”(ὄφις)。

爱庇芳纽对灵知派圣餐的描述未必可靠:其中信手借用了不少希腊或泛希腊的宗教元素,比如从“专用箱”里爬出的蛇就是对厄琉西斯秘仪(希腊女农神得墨忒耳崇拜的一支)中“蛇爬出秘匣(cista mystica)”之主题的继承,而厄琉西斯秘仪中的蛇是丰饶、生殖力和地神能量的象征,与灵知派中蛇所扮演的角色相去甚远。在灵知派的两个与蛇联系紧密的分支奥菲特派与纳塞尼派(Naassenes,源自希伯来语“蛇”,נָחָשׁ)

中，蛇主要是以“天启之中介”、“至高神明的信使”等形象出现的。

这是灵知派神学家对《创世记》中伊甸园故事之“正统解读”的一次重要颠覆，由此我们可以略微理解护教心切的爱庇芳纽为何把他们称作咬人不疼的毒蛇，也可以部分理解他对基督教四大希腊教父之一奥利金的咬牙切齿——后者在巨著《属灵的寓意:〈约翰福音〉注疏》中通篇采用寓意解经法，而寓意解经法正是灵知派用以从内部瓦解正统教义的最有力武器之一。寓意解经法本身的起源并不惊世骇俗：起先被希腊哲学家们用于整合神话与哲学，到了公元一世纪的犹太圣经学家菲罗（Philo of Alexandria）那里则被用于整合犹太神学与柏拉图主义，此后便传入基督教早期教父作家手中，成为“四重解经法”（字面义、寓言义、道德义、神秘义）中尤为重要的一环。

在灵知派那里，《哥林多后书》中“字句使人死，精义使人活”的教诲被“遵循”到登峰造极的地步，以一种公然悖逆和挑衅的姿态整个解构了正统教义的价值体系：创世神是邪恶的“德谬客”（Demiurge），是宇宙中一切物质压迫的起源；真正至善全能的神存在于世界之外且绝对不可知；德谬客蒙蔽了亚当和夏娃，伊甸园是一片伪装成乐土的死地，除了死亡什么也不应许；蛇却是“宇宙原初母亲”苏菲亚（Sophia）派来唤醒人类的灵性中介，在蛇的劝导下吞食禁果的亚当夏娃获得了德谬客极力藏匿的知识，开始厌弃和背离邪恶的物质世界，“诺斯”或灵性在他们心中缓缓苏醒——蛇是大地上一切精神力量的先驱，传播灵性火种的普罗米修斯，自天而降的潜在拯救者。

以上是奥菲特分支对蛇的看法——奥菲特派和纳塞尼派又被统称为灵知派中的奥菲特分支。到了佩拉特、瓦伦汀和更晚近的摩尼灵知派那里，蛇甚至进一步演化为基督本人，“让亚当起来，吃那树上的果实”。至此，蛇在《圣经》中的形象完成了彻底的逆转：撒旦变身救主，被永世诅咒的转而带来了永世的福音。我们也许永远无法判定灵知派最活跃的三个世纪内有多少人受到“蛇—基督”这一形象的诱惑，但这个例子可以让我们明确看到寓意解经法在灵知派神学家那里可以得到怎样灵活的运用，我拒绝认为这类“逆叙事”的意图仅仅是为了惊世骇俗。

不过，蛇在灵知派教义中的形象并非总是颠覆型的，我们在伊朗型诺斯替思辨的代表文献《珍珠之歌》（*Hymn of the Pearl*）中会遇到第二种截然不同的蛇。《珍珠之歌》出自伪

十五世纪特伦托地区草药书手稿

经《多马行传》(*Act of Thomas*)，原始文本为叙利亚文，原题《使徒犹大·多马在印第安人国土之歌》。诗篇的情节并不复杂："我"离开天界的父母和家园，下到埃及去寻找一颗由蛇看守的遗失的珍珠，中途"我"喝了埃及人的酒陷入沉睡，在"听到"一封化身为鹰的家书后苏醒，成功取得珍珠并返回天界。其中对蛇的描绘是这样的："它[珍珠]躺在海中央，被一条鼻孔里喷着气的蛇围着……我径直向蛇走去，并在接近它的住棚的地方安顿下来，等待它麻木睡着的时候……我开始向这条可怕的呼着气的蛇施魔法，我向它呼唤我父的名字、我们第二位的名字、东方皇后我母亲的名字，哄它入睡。"[①]

不难看到，《珍珠之歌》中的蛇不再是灵性的象征，却属于物质、肉体、混沌与邪恶的阵营，更接近于《圣经》中的利维坦、冰岛神话中盘绕世界的米德加尔德巨蟒、与贝奥武甫同归于尽的巨龙、咬住自己尾巴的长蛇乌洛波洛(ouroboros，至今可以在通神学会会徽、炼金术教程、卡巴拉符号体系中频频遇到)、托尔金笔下的四条中土龙(Glaurung, Ancalagon, Scatha, Smaug)。这类蛇的形象可以在"蛇—长虫—蜥蜴/鳄

① 引自汉斯·约纳斯《诺斯替宗教》(上海三联书店，2006)中《珍珠之歌》的散文译本。

鱼—龙”中来回切换，它们的相似点可以粗略归纳为：看守宝藏（或其他珍贵事物）、贪财（《贝奥武甫》中的龙因为一只金杯被窃而暴走，《珍珠之歌》中的蛇是与精神相对的物质性的象征，因此被用心良苦地置于“埃及”——物质丰饶的“东方”之缩影）、会喷火或者蒸汽、麻痹人的意志同时自己也极易被麻痹（陷入沉睡）。从这些特征中我们不难看出，为什么对于伊朗型灵知派而言，蛇是一个合适的“反灵性”的象征。《珍珠之歌》中，只有当“我”醒来之时，蛇才能入睡；假如失落于海中央的珍珠是“我”的灵魂部分堕落的一个隐喻，蛇，以及它所栖身的大海（或者“混沌”或“深渊”）就是囚禁灵魂的黑暗物质/粗鄙肉身，乃至邪恶创世神“德谬客”的化身——这类两分法在伊朗型灵知派中十分常见，斩钉截铁却又灵活多变。

这又把我们带回了《药柜》中对“蛇圣餐”绘声绘色的描述。我之所以认为它是文学加工而非可靠的纪实，除了文献版本、作者的护教立场和写作时间上的证据，以及上文第二段中谈到的那些原因，更重要的是，这类叙事体现的不是灵知派用蛇做文章时会采取的方式：爱庇芳纽的叙事太具体，太仪式化，太“肉身”，而典型灵知派对蛇的解读——无论是奥菲特派与纳塞尼派教义中“颠覆型”的蛇，还是伊朗派思辨中与许多神话原型相近的“传统型”的蛇——始终是隐喻的，象征的，抽象思辨的。在这个意义上，灵知派的蛇图腾是一条流转之蛇，可上天入地之蛇，消弭边界之蛇；腹部柔软而鳞片坚硬，可伸出四足也可生出翅膀，不断成就和拆毁着善恶灵肉间的二元对立，既是方法论又是验证方法的对象——的确适合盘踞在垂下危险果实的启智之树上。

S. P. Q. R.

梵蒂冈流传着这么一宗笑话：教宗约翰二十三世曾向一名主教询问“S. P. Q. R.”的意思，后者规规矩矩作答“Senatus Populusque Romanus”——元老院与罗马人民，意指罗马共和国，教宗的纹章戒指上亦有此字样。问答完毕，只见教宗高抬胖手，顺势把戒指转了个向，朗声念道：“R. Q. P. S. — Rideo Quia Papa Sum.”（我笑，因为我是教皇。）

梵蒂冈的主人当然有理由大笑，不过，换作是我，念及共和国及帝国时代的罗马，势必会因为觉着了自己舞台的寒碜而略微收拢嘴角。虽然基督早说过，凯撒的东西归凯撒，神的东西归神，单单“罗马”两字却已然满足了我对神之国度的所有臆造心理。神之国度是逼仄之国，没有气体可供“折衷”呼吸；是高岗上的树木之国，臣民们越是想向光明的高处伸出枝桠，甚至尝试捅破天穹，他们的根就越深地伸入土中，伸入叵测和尸臭四溢的黑暗中去。

BBC和HBO联合打造的史诗连续剧《罗马》(ROME)是一场视觉盛宴，象牙白作底，黯红为基调，在我眼中恣意泼溅出一匹波拉克式的帆布画，气度恢宏，蛛丝错综而又纹理自洽。2006年完结的第一季共十二集，时间跨度约从公元前50年(罗马建城703年)到公元前44年[①]。画面切入，元老院里，加图（Marcus Porcius Cato Uticensis）为首的贵族派，西塞罗（Marcus Tullius Cicero）为首的温和派，被元老院力挺用以抗衡凯撒的执政官庞培（Gnaeus Pompeius Magnus)，以及出身贵族、此时却成了民主派代表的凯撒（Gaius Julius Caesar)之间正不动声色地彼此角力，第二次内战眼看不可避免，罗马城内，正是山雨欲来。《罗马》第一季以此开场，以凯撒被刺收尾，多条明暗线索齐头并进却未削弱戏剧的张力，脂批红楼里有“草蛇灰线，伏脉千里”一说，用来譬喻《罗马》编剧的

① 《罗马》第二季于2007年播出，聚焦于屋大维与安东尼的争斗，此后由于资金和收视率问题，BBC与HBO停止拍摄该剧集，殊为憾事。

谋篇布局可谓言之不过。更难得的是,《罗马》中虽有纷繁浩杂的人物,登场速度紧锣密鼓,却并不给人互相倾轧,彼此削淡轮廓,面目模糊难辨之感。BBC所选择的演员,举手投足,蹙眉瞪眼,仿佛装了满胸的磊砢不平之气,满腹的蜜醣与刀剑,令人击节。

I. 凯撒(Gaius Julius Caesar)

关于罗马的一切故事,几乎都如出一辙地始于盖厄斯·尤利乌斯·凯撒这个名字,尽管他只是个站在新旧两座桥之间的人,从未真正着陆,筑起通天的峰塔。凯撒之于民主,恰似苏格拉底之于哲学——现代意义上的哲学诞生于它第一个实践者的被审和饮毒,现代意义上的民主诞生于它最后一个实践者的被刺——历史可以不承认这一对使之蒙羞的悖论,而这否认本身就说明了足够多的问题。

凯撒何许人也?一个珍爱自己道德,并使道德成为自己的倾向与命运的人。这道德无关是非善恶,而是一种武器的名称,指示着生命应当不忘时刻超越自己。所向披靡的征服者,深谋远虑的政客,舌灿莲花的演说家,胆大心细的投机者,留下洋洋洒洒八卷《高卢战记》(*Commentarii de Bello Gallico*)

梵蒂冈博物馆藏凯撒大理石胸像，
约作于公元前 44– 公元前 30 年

的文笔雄奇的史家、文学家，这一切教人目眩的身份，都不过是他高悬其自设的道德如法律的方式而已。他可以为了这份自设的道德，或生或死，并永远把自己当成唯一行为的完成者。在这样一个人身上，所有的特例都成为原则。

看看他的远近同僚们是怎么谈论他的吧。西塞罗在《论责任》第三卷中写道，凯撒"常把欧里庇得斯的诗句挂在嘴上——'如果人必须做坏事，那么为了王权而做坏事是最好的；其他的事情上才要尊重神意'"。苏拉（Sulla）独裁时期，少年凯撒因不愿同前执政官秦纳（Cinna）的女儿科尔涅利娅（Cornelia）离婚而遭到迫害，被革去朱庇特祭司一职不说，为了保命还不得不每夜东奔西跑，换着地方睡觉，后来通过维斯塔贞女的斡旋和对苏拉的密探行贿才获得了后者的赦免。据说，当时苏拉曾对旁人忿忿道："他们爱保就让他们保去吧，只是别忘了，他们如此热心搭救的这个人，有朝一日会给他们和我所共同支持的贵族事业带来致命的打击；要知道，在这个凯撒身上有好多个马略（Marius）呀。"在以搜罗奇闻轶事著称的白银时代传记作家苏维托尼乌斯（Suetonius）笔下，苏拉更是早在凯撒尚乳臭未干之时，便警告权贵们要"提防那个不好好束腰带的男娃"。

当《罗马》的镜头第一次晃到凯撒（Ciarán Hinds 饰），我们看到的是一个神像般伫立的背影。周围是奴隶交易中讨价还价的嘈杂人声：高卢已殁，高卢王早已裸身亲吻了罗马的鹰徽，凯撒却迟迟没有班师回罗马的意思，反而在征战的八年中通过抢掠和买卖俘虏聚敛了巨额财富，为买得军队和人民的好意打下了丰厚的基础——正是这种慷慨引起了元老院的惊恐。如片中加图所言，“没有比大街上的暴民们口中欢呼着谁的名字更重要的问题了”。这个宛如神像的凯撒接过使节手中的信，展开，扫阅，脸上掠过阴霾，旋即被因竭力抑制肌肉的抽搐而略显僵硬的表情所取代——他嫁给庞培的女儿茱莉亚（Julia）死于难产。前三头执政时期，凯撒与庞培是拜过把子的兄弟。两人同为威名煊赫的将领，同样率领着战功卓著的军团，虽说一个是平民派、民主改革的领导者，另一个是元老院的拥护者，支持共和，视自身为 S.P.Q.R. 的卫士、社会秩序的恢复人，彼此却从未真正公开为敌。然而，随着克拉苏（Crasuss）在帕息亚一战中战死，权力天平发生了严重的倾斜，三足鼎立的局势剧变为双雄并峙，元老院内部的力量变化亦使两人间的政治分歧日益深化，逐渐不可愈合。此时，茱莉亚的死，无疑斩断了两头雄狮之间最后一条私人情谊的纽带。身为父亲的凯撒在得知她的死讯后，脱口而出的第一句话是“庞培需要一位新夫人了”，虽然他脸上悲悼的神情尚未来得及尽数掩饰。

共和国危如累卵，这远非一天两天的事。元老院早在凯撒出生前就充斥着养尊处优的傀儡，罗马的民众对“民主”的高调也早已感到腻烦，他们更欢迎一个能慷慨提供粮食、角斗、宴会、剧院和稳定局面的僭主。此时的凯撒，正是那个派人驾驶四轮马车，沿路在城市的大街小巷抛洒金币的人。

事实上，凯撒从来不是一个可被坐实的独裁者，虽然他无疑有这样的打算。他曾三次摆出高姿态，拒绝安东尼想要给他戴上的金冠——但这改变不了什么，在这个问题上，他仍然表现得不够韬光养晦。何况，他和他所代表的新型政权在元老院眼中所象征的危险根本不是政治秀所能掩盖的。他允许取得了公民权的非罗马人和部分半开化的高卢人进入元老院，让自己的奴隶管理造币厂和国家税收，甚至公开放话出来，管现行的民主叫作“老绅士们的空头支票”。尼采笔下的查拉图斯特拉说，国家是一切冷酷的怪物中之最冷酷者，它冷酷地说谎；这便是从它口里爬出来的诳语：“我，国家，便是民族。”凯撒以自己的行动公然拆穿了这种谎言，这便成就了他的悲剧。反对派曾在凯撒的塑像脚下写道：“鲁基乌斯·布鲁图（L. Brutus，共和国第一任执政官），由于他赶走了国王，终于成了执政官；这个人，由于他赶走了执政官，终于成了国王。”凯撒终于未能使这一指控成为事实。实质上的独裁始于他的继任奥古斯都（Augustus，即屋大维）——形式上亦如此：奥古斯都才是第一个同时享有“英白拉多”（imperator）、“祖国之父”和皇帝称号的人。西塞罗很早就看出了其中的讽刺：“我们杀死了这个人，却把他所要求而没有得到的东西给了另一个人。”

“独裁者”身受二十三处刀伤，倒在庞培议事堂一个角落里。托加不再是托加，身体不再是身体，任何人看到这一幕都难保持平静。“要是我有像你的伤口那么多的眼睛，我应当让它们流着滔滔的热泪，正像血从你的伤口涌出一样”；“你这一块流血的泥土！……你的一处处伤口，好像许多无言的嘴，张开了它们殷红的嘴唇，要求我的舌头替它们向世人申诉”（莎士比亚《裘利亚·凯撒》第三幕第二场，朱生豪译）。当继子马尔库斯·布鲁图（Marcus Brutus）举刀扑向他时，传说他用希腊语喃喃了一句：“我的孩子，也有你？”《罗马》采用了极其好莱坞的慢镜头，替布鲁图完成了将最后一刀插入凯撒身体的漫长过程，未免流于煽情，却依然到位地向我们传达了一个时代终结时的混沌与苍凉。

“暴君”倒下了，罗马得到的是救赎还是诅咒，只有神知道了。

II. 塞维利娅（Servilia Junii）与阿提娅（Atia Julii）

苏维托尼乌斯在《罗马十二帝王史》中称凯撒荒淫无耻，又借库里奥（Curio）之口，管他叫作“所有女人的男人和所有男人的女人”。苏氏作为史家的名声不大好，主要是因为他太八卦，八卦到令人瞠目结舌的地步，他同等地写作皇帝的传记和妓女的传记，既写罗马的宫廷制度又写希腊的骂人话，最后竟背上了“丑闻贩卖商”的恶名。话虽如此，写下“超过一切女人之上凯撒最爱马尔库斯·布鲁图的母亲塞维利娅”时，苏氏倒没有空穴来风。

《罗马》中的塞维利娅长相令人印象深刻（Lindsay Duncan饰）。青春不再，鱼尾纹连脂粉都难遮盖，却有一种直逼人心、如冰潭深水般的沉静，潭底尽是血色的火星。塞维利娅有一副隐士的面孔，隐士是一口深井，向井中投石是容易的，并且需要等上很久才能听到回声，然而一旦石达井底，谁也无法再将它取出。塞维利娅与凯撒的侄女阿提娅（Polly Walker 饰）之间的较量其实是串起全剧的暗线。在当时罗马的贵妇中，“无

雕有塞维利娅头像的罗马迪纳里厄斯银币

毒不妇人”因其普遍适用而几乎不称其为谚语。阿提娅的图腾当是张牙舞爪的蝎，塞维利娅的图腾则是蓄势待发的蛇。阿提娅堪比王熙凤，是个犯傻的聪明人，塞维利娅则堪比薛蘅芜。站在各自家族的代言人位置上，两个女人的运筹帷幄给《罗马》增添了层出不穷的桥段。

茱莉亚死后，阿提娅逼迫女儿屋大维娅（Octavia）同深爱的丈夫格雷毕斯离婚，强行将自己女儿的贞操馈赠给“需要一位新夫人”的庞培；而时任保民官的马克·安东尼在元老院门前被袭后，庞培同凯撒公开撕脸，转而娶了贵族派西庇乌（Scipio）的女儿，在帕息亚战死的普布利乌斯的寡妇科尔涅莉娅（Cornelia）。阿提娅怒从心起，竟把自己的女儿屋大维娅猛批一顿，骂她“苦着一张母牛脸”才会与“罗马第一夫人”的头衔擦肩而过；这还不算，阿提娅认为格雷毕斯无甚利用价值，怕屋大维娅同他藕断丝连甚至破镜重圆，竟派自己的犹太姘夫泰门将赤手空拳的格雷毕斯一刀捅死。当妈的当到这份上，不可谓不尽心。无怪乎屋大维娅先是离家出走，继而干脆“忠于自己”，做了塞维利娅的床上人。

舅舅远离罗马；女儿跑去和自己的宿敌搞拉拉；儿子屋大维成天埋头啃书，不肯学击剑，不肯逛窑子，连山羊睾丸都不肯吃！阿提娅终于抓狂，命人当街拦截塞维利娅的轿子，拖出轿中人，扒人家的衣裳，剃人家的头发——若说先前她派人在罗马的大街小巷涂满塞维利娅同凯撒交媾的漫画，导致凯撒为挽回声誉发狠抛弃塞维利娅，那还算是暗中使坏的话，这次的袭击简直就是夜叉当街撒泼了。深井被下了过多的石后，是会汩汩溢出毒汁来的。塞维利娅终于奋起反击，巧妙地暗中促成屋大维娅与尚未成年的屋大维兄妹乱伦，好刺探出凯撒那“神秘的间歇性病痛”的秘密。无奈屋大维嘴紧，只抖出枪兵百夫长路奇乌斯·乌瑞纳斯（Lucius Vorenus）之妻的一赃奸情来搪塞，屋大维娅把消息原原本本带给了塞维利娅。后者已向神明献上自己的身体，立誓要让负心汉凯撒及其侄女阿提娅肠穿肚烂。那则家务丑闻看似对复仇毫无帮助，谁也料不到乌瑞纳斯的命运千回路转，数年后竟以人民英雄的身份披上镶红边的洁白托加，成了寸步不离凯撒身边的元老兼高级保镖。布鲁图嫌投毒、夜间行刺等谋杀手段太猥琐——“严惩暴君”这档事，要么不干，要干就得干得光明正大、堂堂正正、人人服膺！要当众杀死凯撒，又要避免伤及人民英雄留下骂名，如何支开乌瑞纳斯令谋反众元老头大不已。塞维利娅的脑袋真是个了不起的容器，经过连夜筛理，竟想起了多年前听到的那桩奸情——后面的事情大家都知道了，公元前44年3月15日凯撒被刺，身边无一人护卫——安东尼早被其他元老支开，而凯撒所倚仗的乌瑞纳斯一分钟前被路边的一个老婆子咬了一番耳朵，已如木雕泥塑般愣在了原处。

与此同时，塞维利娅正在自家府邸含笑端坐，看着阿提娅的眼睛一字一顿地问道："所以，你看，暴君已经死了，你又没有靠山了——想不想来杯蜂蜜水呢？"

III. 安东尼（Marcus Antonius）

安东尼该是个狄俄尼索斯式的人物，而《罗马》中的安东尼，身上却似乎淌着更多的提坦之血，暴躁易怒，言行轻佻，到了第二季中，更是在年轻的屋大维面前表现得像一只被拔光了翎毛的疯鹫，徒逞拳脚之勇后便只会瞪着眼吞咽唾沫星子。诚然，安东尼依旧是全罗马最有魅力的浪子，呼风唤雨的铁血将军，哪怕被庞培派的人讥为"需要妓女和侏儒陪伴才能讨论政治的家伙"。女人们都爱安东尼，而他所青睐的女人同那个少年阿波罗似的屋大维形成了有趣的对照。影片中有个细节，在老鸨唤出一排周身炭黑的非洲女人、黄肤乌发的亚洲女人，还有肌肉闪亮的男人之后，年方十三的屋大维却选了一个金发碧眼的雏妓——外貌上最接近罗马人的一个。而安东尼偏爱异国情调和视觉刺激，他命令侍女穿上罗马士兵的盔甲互相砍杀，举办被正统派元老乃至一般罗马公民诟病的化妆晚会，擦去庞培墙上“无趣的”壁绘，后来更是“为了一张黄褐色的脸”（莎士比亚《安东尼与克莉奥佩特拉》第一幕第一场中对埃及艳后的蔑称）丢了江山，落魄自杀。

《罗马》中的安东尼越来越不招人喜欢，并非因为他不肃正——那正是他比四平八稳、老气横秋的屋大维可爱的地方——却是因为随着凯撒的霸业一步步攀向巅峰，与之如影随形的安东尼却日复一日地表现得像个丑角。凯撒的运星一直以来都旋转得太过顺利，对安东尼而言，他代表了某种不灭的神话，人们能够容忍神话的主角不是自己，正因为相信神话是独一无二、不可复制的。而“生得比乌提卡女人还漂亮”的他的情妇的儿子屋大维，居然于短短数年内在他的眼皮底下崛起为第二个凯撒，这便叫安东尼忍无可忍了。除去老庞培之外，《罗马》的编剧几乎无一例外地有意弱化了凯撒们的对手，有那么一会儿，你会以为“当仁不让的王者”这样东西果真存在呢。

终其一生，安东尼身上都有多种道德在争斗。能拥有多种道德无疑是一件漂亮的事，却是一种不堪忍受的命运。“这样因自己而痛苦的人，除了速死而外是无法得救的。”

IV. 庞培（Gnaeus Pompeius Magnus）

这就是“伟大的庞培”的结局，它再一次证明了，人类的命运是多么奇怪和不堪一击。因为，尽管他绝不是缺乏深谋远虑，并且在一切有可能伤害他的力量面前都八方不动，他却受到了欺骗；尽管他自从少年时代起，就在非洲、亚洲和欧洲各地赢得了不少出其不意的海上或陆上的胜利，却在他五十八岁那一年，没有什么明显的理由便战败了；尽管他曾使整片罗马海域臣服，他亦死于海上；尽管他曾是传说中的“千船之主”，他却在埃及附近被杀于一条小破船，就某种意义而言，他是被托勒密杀死的，正是庞培本人一度将托勒密的父亲从流亡中拯救出来，并送他回到自己的王国。

在他那至今脍炙人口的《罗马史》中，迪奥·卡西乌斯（Dio Cassius）连用一长串“尽管”，为庞培的命运奠下了基调。

该如何去描述格涅乌斯·庞培·麦格纳斯？苏拉时代的朝日，凯撒的密友和劲敌，元老院之擎天柱亦或元老院之棋，罗马的亚历山大大帝，世界的三分之一，或者如他在平定地中海

庞培大理石胸像，原像约塑于庞培四十岁，此为
奥古斯都任期内的复刻，藏威尼斯国家考古博物馆

海盗后赢得的别名所示，“一个伟大的人（Magnus）”？

“他的美貌甚至在青春焕发的初期就蕴藏了温柔和高贵的品性，当成年人的全盛时期到来时，他性格中的王者威严立刻变得显而易见。他的头发略微蓬松，眼睛里流露出思虑和渴望的情感，这一切使他的面容——虽然也许实际上并不像被谈论的那样显著——酷肖亚历山大国王的雕像。”一向惜墨如金的普鲁塔克在《庞培传》中对庞培的外貌有这么一段铺陈，另外我们还知道，庞培另有一个绰号叫阿伽门农。而这一切，我们都无从在《罗马》中窥见。《罗马》开篇伊始，庞培已是垂暮之人。当远在高卢的凯撒头一回被元老们斥作“叛国者”、“贿赂者”和“战犯”时，庞培手执托加前襟，声色俱厉道：“除非你们能找出确凿的证据，否则我决不会出卖我的朋友！”同一天傍晚却从牙缝里向加图挤出一句：“要是我愿意，只消动一根手指，就可以召集漫山遍野的军团，把凯撒像一只甲壳虫般碾碎。”而这已然是茕茕孑立者无奈的愤恨。在《罗马》中，我们看不见那个雄姿英发、谈笑破敌的麦格纳斯，看不见他在二十五岁时第一次凯旋式上的灼人光芒，看不见曾是三任执政官的“罗马第一人”的凌人气焰。昔日锐气不在，连相中了的骏马都被凯撒家人率先牵走的庞培，一句“他非要什么都得到吗？”显得那么悲凉无力。他变成了一个无法忘却自己盖世功业的老人，鬓角斑白，黑布单衣，茕茕孑立在大片象牙白的废墟里。手握实权的元老院为着交好人民、抗衡改革者，在共和国之车前系上一头负重的神兽；这神兽尽管高贵，却已被买走了倨傲的目光，而不得不收起翅膀，像骡子一样勤勉地挽着人民与国家之车了。并且神兽是无法折腰的，要么成为庞培，要么死去，他本人亦不可能接受第三种结局。

庞培自己说，崇拜朝阳的人总是多于崇拜落日的人。他的一生同九月二十九日这一天有着奇怪的关系：人民曾在那一天为他举办米特拉达梯凯旋式；那一天还同时是他的生日。在《罗马》中，昔日的朝阳光焰渐黯始于元老院们前那场意外的暴乱。当时，保民官安东尼当众遭到袭击，凯撒认定是庞培派所为，事实上，真正被袭击的目标却是个名不见经传的小人物——十三军退伍老兵泰图斯·波罗（Titus Polo）。其人因酒后聚赌结下私仇，此时正好簇拥在安东尼身边，被人群中的仇家瞥见。这便是第二集标题《泰图斯·波罗如何颠覆了罗马帝国》所指。历史的全部微妙与奥义在此，这个桥段虽然是《罗马》编剧的手笔，却巧妙地捕捉到了别一种真相。

此后，凯撒率军开过卢比孔河，庞培不得以宣布凯撒为公敌，凯撒挺进罗马、宣布独裁，元老几乎倾巢撤走。庞培没能达到争取时间的初衷，反而一退再退，直至在法萨卢一役中以十倍于凯撒的兵力被击溃。西塞罗与布鲁图投降，加图和其他元老亦与之分道扬镳，庞培只身偕妻儿和没有弃他而去的少数几个随从逃往暗妃波里。“一切都会好起来的……只要我们去埃及！”在埃及等待着他的是什么？庞培缓缓划着独木舟上岸探路，脚还没踏上法老国的黄土，一个迎接的笑容，一个热忱的拥抱，一把寒亮的匕首，鲜血如炸裂般涌出。庞培的笑容刹那凝在脸上，嘴唇耷拉，满是皱纹的双颊不住颤动，岸上的埃及人高高举起了剑；离岸不远的三桅帆上，科尔涅丽娅来不及哭泣，一把用斗篷蒙住两个孩子的脸；剑起头落，尼罗河的黄沙从不曾溅起过如此悲怆的浪花。这一天，正是九月二十九日。

逃亡路上，庞培坐在篝火边给孩子们讲故事：“他的老爸托勒密·奥利图斯十二世和我是好朋友，我们经常一起去打狮子，可是国王的箭法有点差，我们都没法确定那头狮子有没有死……”孩子们笑了，火光摇曳在庞培慈爱的脸上。此刻他怎会想到，正是托勒密的手下为了交好凯撒，把他的人头装入瓮中向后者献礼；他又怎会想到，为他复仇的亦是凯撒——昔日

“法萨卢战役后庞培的逃亡”，
让·富盖所作抄本细密画，约 1470–75 年，今藏卢浮宫

的部将、朋友、女婿，今日的死敌。凯撒把杀死庞培的埃及人的脑袋高高挂上了城墙，提醒埃及人“好好学习对待罗马执政官的礼数”；又在庞培的葬礼上涕泪纵横。除去政治作秀的成分，我更愿意相信，这无法互容的两人至死都对彼此怀有深沉的敬意。四年后凯撒被刺，死时恰恰倒在庞培雕像的脚下，两人如此见证了对方的毁灭。

而这一切不过是个开始。奥古斯都之后，人们将看到提比略、卡里古拉、克劳狄、尼禄……整部朱利欧·克劳迪安（Julio-Claudian）家族史是因为有了诸多站在世界之巅从而成了艺术品的疯子才变得有趣的。提比略（Tiberius）曾说，自己正为世界豢养一个法厄同（指卡里古拉），事实上，几乎所有的凯撒们都有一个法厄同的结局。“让他们恨我吧，这样他们可以怕我。”这便是帝国初期世界主人的姿态。不过，想做主人的最后都死了，甚至来不及有兴亡之叹。

或许我们应当说，罗马无历史？至此，突然记起“S. P. Q. R”的另一则释义：“Small profit, quick return”，不觉莞尔。

神显时分：以玛忤斯的晚餐

发生在复活节当日的以玛忤斯晚餐（Supper at Emmaus）的故事，是《圣经》中关于见与信，关于感官之眼如何常在罪之阴翳中视而不见的最动人的场景之一，或许也是中世纪晚期至文艺复兴除了“最后的晚餐”和“迦南婚宴”外出镜率最高的“餐桌”主题宗教画。其完整叙事仅载于《路加福音》第二十四章，《马可福音》则有所暗示。

复活节周日早晨，天使已向抹大拉的玛利亚等妇女宣告基督复活的消息，她们将喜讯转达给门徒后却不被相信。与此同时，有两个门徒正朝耶路撒冷附近名叫以玛忤斯的村庄走去，耶稣向他们显现并一路同行，然而“他们的眼睛迷糊了，不认识他”(《路》，24:16)。抵达以玛忤斯时天色已晚，门徒邀耶稣共进晚餐，耶稣用手“拿起饼来，祝谢了，擘开，递给他们”(《路》，24:30)，此刻他们才恍然认出他来，耶稣旋即就消失了。

如我们所见，在那决定性的天启时刻使门徒们双眼明亮的是一个触觉的动作——既非基督的视像（来以玛忤斯的路上已然显现）也非他的教诲（耶稣一路为两个门徒重新讲经)，那时他们有眼却盲，有耳却聋——而是耶稣掰饼时干净利落的手势。十四世纪中古英语头韵诗《清洁》(*Clannesse*）如此再现这一场景:“他的触摸如此美妙，是人又是神 / 他从不操心手指的技巧……因他不用刀就能切开面包 / 它在他白净的手中精准地裂开……比图卢兹所有的刀具切得更好”，而这几行诗的上一句则是“他的触碰满有恩慈，一切脏物都躲避不及”。[1]

耶稣在以玛忤斯掰饼的动作不仅是对他受难前夕刚设立的

---

① 拙译，原文为中古英语西北方言。See Andrew, Malcolm, and Ronald Waldron, eds., *The Poems of the Pearl Manuscript: Pearl, Cleaness, Patience, Sir Gawain and the Green Knight*（5th edition）. Exeter: U of Exter P, 2007.

圣餐礼的互文（在字面义上，也是这一互文令门徒想起了眼前人的身份，《路加福音》中用了完全一致的一系列动作描述耶稣两次掰饼的过程），更是对神子之手所具备的治疗和洁净功能的回应：这曾是以触摸治愈众多麻风、瘫痪、水肿病人乃至死者的双手，如今这双手以触摸面包的动作唤醒了门徒心中被遮蔽的正信，揭除了笼罩在他们眼上的阴翳。威尼斯画派三巨头都画过这一幕，其中以老师提香的处理方式最为中规中矩。

在提香的弟子丁托列托那里，令人惊讶的是整幅画中所有人物对耶稣“擘开面包—祝谢—昭示身份”这一神显事件（epiphany）的视而不见：他们不是在忙着交谈，就是忙于世俗礼仪（上菜、斟酒）乃至争抢喧闹，完全没有意识到眼前正在上演基督受难后第一场活生生的圣餐礼，“这是我的身体，为你们舍的，你们也应当如此行，为的是纪念我”（《路》，22:19）——更何况桌上还包括以革流巴为首的两名门徒。丁托列托对《路加福音》进行了大胆的图像解经，革流巴们不仅在通向以玛忤斯的路上没有听了耶稣的讲道而认出他来，甚至在晚宴的高潮时刻也不曾认出他，他们的眼直到最后一刻都是“被挡住的”（oculi...tenebantur）。似乎为了反衬人可以盲目的地步，丁托列托甚至为耶稣画上了显而易见的圣光——再也没

提香，《以玛忤斯的晚餐》

丁托列托，《以玛忤斯的晚餐》

马兹亚莱，《以玛忤斯的晚餐》，1506

委罗内赛，《以玛忤斯的晚宴》，1572

卡拉瓦乔第一幅《以玛忤斯的晚宴》，约作于 1602 年

卡拉瓦乔第二幅《以玛忤斯的晚宴》，约作于 1606 年

斯温伯格《以玛忤斯的晚宴》

斯温伯格《以玛忤斯的晚宴》底部细节

有比丁托列托的以玛忤斯基督更为孤独的人了：没有交互也不被理解的神显，从来都称不上真正的神显。

提香的另一位弟子委罗内赛则对同一主题采取了新柏拉图主义的处理方式：画面上众多人物的目光可按其注视对象归为几个阶层，其中唯有耶稣一人仰视着看不见的高处，陷入一种明显属于“灵见”（beatific vision）的出神。拉斐尔在《圣塞西莉亚》中亦用此种方式来区分塞西莉亚和其余画中人目光的性质，法国艺术史家阿拉斯（Daniel Arasse）曾专门著书对此作进行论述（《拉斐尔的异象灵见》）。这幅轴对称构图、人物纷纭的作品令人想起委罗内赛的另一幅“行宴图”《迦南婚宴》，在后一幅画中，委罗内赛同样彰显了能够娴熟在画中安置尽可能多的赞助人肖像的天赋。不管怎么说，委罗内赛至少让两名门徒认出了基督，尽管为了符合构图要求，两门徒因震惊而张开的手臂被表现得略显僵硬，本画的中心部分确实在上演一场真正的神显事件。到了约作于半个世纪之后的斯温伯格的这幅《以玛忤斯晚宴》中，这种震惊通过门徒扶桌而起的动作和脚部痉挛的肌肉表现得更为戏剧化，而耶稣的灵见出神也已经程式化般地固定下来。

卡拉瓦乔，这位善于为古旧题材注入新生命的天才，五年间先后画过两幅《以玛忤斯晚宴》。无论在构图还是用色上，第二幅显然都更夸张也更富生活气息，而第二幅中没有胡须、呈现少年人样貌的耶稣，或许是画家对“肉身复活”这一最难信解的教义之一的修正式图解。

然而，我心中真正的神来之作却表现了一位看不见面容的基督：他身体后倾，全身被黑影笼罩，两名门徒之一（或许是革流巴）匍匐在地，似是在抱住耶稣的小腿并亲吻；另一名门徒处于整张画打光的焦点之一，那光却只照亮了他因糅杂了震惊、敬畏、负疚乃至恐惧而神情模糊的面容；远处另有一游离于神启画面之外、不知在忙着什么的背影。画中光与影、知与不知、洞见与目盲之间几近残酷的反差，岂不是“他们的眼睛明亮了，这才认出他来”（《路》，24:31）这句经文最生动的注解？伦勃朗的耶稣或许正用双手掰面包，或许没有，至少观画者无法直接看到面包这在其他画家笔下“触发”神启的关键道具，并且耶稣并不在画面的中心位置，反被置于角落的黑暗中。但这都没有影响他被看见——被完完全全地、在肉身之眼和心灵之眼中同时被看见，以“看”这个动词的全部意义：手+目。基督在阴翳中现身，不仅诉诸门徒的眼睛，还在其中一人身上触发了无法遏制的触摸的需求。这不是“不信者”多

伦勃朗《以玛忤斯的晚宴》

彭多莫《以玛忤斯的晚餐》，1525

马（the Doubting Thomas）要求把手放入基督伤口的怀疑和骄慢之触摸，却是虔信与爱的触摸，是“投身”（devotion）这个词在中文翻译中遭遇的最幸运的巧合。这种五体“投”地的触摸亦是一种观看，即使这名门徒目光低垂，他所歆享乃至分享的，恰是基督的“灵见”——这个和基督本人一起被黑暗笼罩的人亲眼见到了神，为“灵见”或曰“享见天主”一词下了新的定义。黑暗中隐形的人乃是光源，阴影中的人看见且深信，被光照亮的人却还有怀疑：伦勃朗在人物寥寥的画面中创造了怎样反讽的张力！而远处阴影中弯腰的神秘人，除了呼应基督身体轮廓的构图考虑，在戏剧性上或许也成为了基督的一种镜像。

最后，附上一张中世纪与文艺复兴过渡时期的“灵见”型《以玛忤斯晚餐》。耶稣头顶高悬的“上主之眼”（Eye of Providence）尚未被共济会或金色黎明等玄学组织挪用，在画中单纯是圣三一的徽标。以我们因看过了太多符号而疲乏、却又并未因此变得更加清亮的后见之眼来观看，彭多莫的这幅画则无论如何难以洗脱异教倾向的嫌疑了。

无处流浪的吉普赛人

但无人如你有望

浪迹天涯，在田野，在树林

在村庄，一个逃学的孩童

你以无阴霾的欣喜心情运筹帷幄

一切疑虑早已被时光吹散

哦，生于智慧尚且新鲜洁净的年代

生命如微光粼粼的泰晤士河般欢快流淌

那时，现代生活，这奇异的痼疾尚未猖獗

带着它那令人作呕的匆忙，那纷纭不专的目标

还有那负荷过重的脑袋，那中风的心脏！

马修·阿诺德在长诗《吉普赛学者》(*The Scholar-Gipsy*, 1853)中几乎是满怀渴慕地刻画了一个抛下学业、加入吉普赛人部落的牛津学生形象，把浪人的逐梦生涯与他称之为“涣散而受诅咒的”现代生活对立起来，隐隐流露出因自己无法如这位叛逆者那样勇敢而感到的遗憾。《吉普赛学者》取材于1661年出版的《教化的虚荣》(*Vanity of Dogmatizing*)，作者约瑟夫·格兰维尔(Joseph Glanvil)在书中记载了一桩新近发生的轶闻：牛津大学的一名年轻学子因付不起学费而被迫退学，最后干脆入了当地吉普赛人的帮派，在他们中间学习魔法和技艺。这位新入伙者后来不慎被路过的几名学者认出，于是他告诉后者，吉普赛人远不是人们认为的那种骗子，而是一支能通过想象的力量创造神迹的民族，他还保证说，一旦了解了全部奥秘，他就返回“常人的”社会，写一本书，把他学到的一切都公之于世。

我们没有读到四个世纪前这位“吉普赛学者”的书，也不知道这位牛津逃学者最后有没有浪子回头，但我们确实知道，一部吉普赛人的民族志就是一部误读的历史。这误读包括现实的误读和文学的误读。文学的误读很大程度上是蓄意而为，是对虚构的现实的再虚构，是用棱镜去折射行星借自太阳的光；现实的误读则遍及语言、历史、社会经济、宗教各领域，它们直指人心中最卑琐狭隘也最虚弱的部分，那伸手不见五指却又看得见幢幢黑影的地方，同时它们又彼此勾缠牵连，为文学的误读提供源源不断的灵感，协助书写着关于这个流浪民族的荒诞乃至谬误的叙事——荒诞 / 谬误叙事又名神话（myth）。

不妨先来看看语言方面的误读。“吉普赛”这个名字本身就源于一场误会：英语中的 Gypsy 一词来自古希腊语 Aigyptioi——吉普赛人最晚于十六世纪已迁徙入欧洲，时人误以为他们的祖先来自埃及，因私藏婴儿基督获罪，才被驱逐出境的，雨果笔下的巴黎民众也将爱斯梅拉达称作“埃及姑娘”。今天的民族学家已基本达成一致：罗姆人的祖先根本不是埃及人，而极有可能来自印度北部，他们于公元十世纪左右开始从旁遮普一带向欧陆迁徙，途径阿富汗、波斯、土耳其等地，终于在今天的罗马尼亚、保加利亚、斯洛伐克等地落脚，在美国、北非、中东等非欧洲地区也有分布。这个居无定所的民族在世界各地有着截然不同的名字，西班牙人管他们叫吉塔诺人（Gitano），法国人管他们叫吉当人（Gitan，尽管一些古板的老绅士至今仍管他们叫波西米亚人或马努奇人），这两个词都是“埃及”（Egypt）一词的变体。俄罗斯人管他们叫茨冈人（Tzigani），德国人管他们叫齐果纳人（Zigeuner），这两个名字则来源于拜占庭时期希腊语“阿金加诺”（atsinganoi），意为“不可接触者”。现今国际通用的称呼是罗姆人（Rom），或罗曼尼人（Romani），又称多姆人（Dom）；“罗姆”与“多姆”二词源自梵文 ḍoma，意为“靠唱歌或演奏乐器谋生的低种姓人等”，其词根 ḍom 表示“（击鼓）发声”。所有这些五花八门的名字含义都不甚积极，其中尤以流通最广的“吉普赛人”为甚——英语中“吉普”（gyp）一词常用来表达“欺诈”、“骗子”或“骗局”。吉普赛人不愿被称为吉普赛人，而罗马尼亚人（Romanian）却又不愿称吉普赛人为罗姆人或罗曼尼人，以免人们把自己和这个名字沾上了污点的民族混淆。为了方便起见，我们仍按惯例称他们为吉普赛人。

人们一般认为，吉普赛人开着大篷车、卡车或拖车浪迹天涯（参见纳西尔·胡赛因导演的印度歌舞片《大篷车》，1971），一路上载歌载舞，每逢停留之处，男人通常补锅、弄熊、贩卖牲口（有时也顺路贩卖儿童）、演奏乐器、抢劫；女人则从事占卜（水晶球、塔罗牌或者就地取材）、卖药（有时灵有时不灵）、舞蹈、行乞、偷窃——大抵是些打一枪换一个地方、低成本低风险、不大体面的行当。殊不知今日全世界的吉普赛人口约四分之三已定居（一说十分之九，对这一族群展开精确的人口调查向来是不可能的任务——由于害怕遭到歧视，许多吉普赛人都不会登记自己真正的种族身份），这些不再流浪的所谓辛特人或务农，或从事当地的主流行业，至少不比你的邻居更可疑。未定居的那些又按地区或方言分为多支，比如东欧和意大利中部的罗玛支、主要分布于西班牙的伊比利亚–凯尔支、芬兰和瑞典的芬兰—凯尔支等，其中每一支都有自己独特的生活习性和文化生态，拒绝所有大而化之的武断标签。何况锅匠、铁匠等行当的从业者向来五花八门，塔罗占卜亦非吉普赛人的发明，罔论世界的每个角落都有江湖郎中和江洋大盗，要单一特定的民族为特定现象埋单，实在是令人腻烦的桥段。

现实的误读将吉普赛人拖入尘埃，文学的误读却使吉普赛人成为一扇通往遥远过去的花纹繁复的大门。表面上看起来，这一历史上被边缘化的人群在文学作品中占据的位置依然远离中心，但那并非纯然的退隐，而是昏明不定之地；在那里，流浪者们如同圆规移动的那只脚，远远地、缓慢地划定着圆中之人活动的疆界。他们是人类原初集体回忆的承载者，又是荣格意义上的集体回忆本身，他们指向一个远比现世庄严、宏美、危险的失落已久的世界，那个世界里的全部人类知识已被详尽地写入一本口授之书，而犯错误永远比无可指摘困难。凡胎肉眼看不见那个世界，年迈的吉普赛人可以。作为介质和通灵者的吉普赛人在浪漫主义时期直至十九世纪末的英国文学中几乎成为了一种情结。其中最有名的形象也许要数历史小说家司各特（Walter Scott）《盖伊·曼纳令》（*Guy Mannering*，又名《占星人》，1815）一书中的梅格·梅瑞丽丝（Meg Merrilies）。这位吉普赛老妇虽然在小说开头处就遭到驱逐，其预言和建议却贯穿全书，左右着主人公的行动和命运。她是一切口述传统的承载者，同时居于群体文化记忆和主人公私人记忆的中心。梅格·梅瑞丽丝的形象是如此鲜明，以至于成为了对吉普赛人的英国式想象的一个重要源泉。伯特朗家的老梅格成了苏格兰的梅格、不列颠的梅格、作为常备典型角色的梅格，其影响在司各特的同时代人济慈（John Keats）那里已可窥见一斑：

> 老梅格是个吉普赛人，
> 她居住在湿沼之上：
> 她的床是褐色的石楠草皮

她的房子在穹庐下。

她的苹果是有毒的黑莓，
她的葡萄干是金雀花豆荚；
她的美酒是白色野玫瑰上的珠露，
她的书本是教堂的坟茔。

她的兄弟是崎岖的丘陵，
她的姐妹是落叶松——
她和她的大家庭一起，只身一人
过着随心所欲的日子。

许多个清晨她没有早餐，
许多个正午没有午饭，
她用尽力气凝视着月亮
以此代替晚餐。

然而每天清晨她都用
新鲜的忍冬编织花环，

夜间则编织暗色的幽谷紫杉
一边哼着谣曲。

她用年迈的棕色手指
编结灯芯草的坐垫，
再把它们交给
她在林中遇见的佃农。

老梅格像玛格丽特皇后一样勇敢，
像亚马棕女人一样高大：
她身穿一件陈旧的红毡斗篷；
头戴一顶破帽。愿上帝在某处
庇佑年迈的骸骨——
很久很久以前，她已安息。

这就是活在十九世纪英国式想象中的典型吉普赛人：我行我素但是坚忍务实，神秘叵测却又并不如谣传中那般诡计多端，为着某种自己或许也无法理解的使命浪迹天涯、栉风沐雨，瘦弱的身体里蕴含着安详的无穷的能量。老梅格让我们想起那半神半撒旦出生的、一生辅佐亚瑟王、自身却命运多舛的魔法师默林。原型批评之父诺斯莱普·弗莱或许会将她和默林一起归入贴有“老智者”（Old Wise Man）标签的抽屉——除了她是个女人。

司各特是宏大叙事的好手，像《盖伊·曼纳令》这样的早期作品（《威弗利》系列小说中的第二部）已经流露出要寻根溯源，为苏格兰民族奠定国民性的野心。颇具反讽意味的是，这种国民性恰恰以混交杂糅为特质，一如在司各特所表现的吉普赛人群中那样（我们知道现实中远非如此）。虽然在小说结尾处吉普赛人已从艾伦格温消失，他们的影响却已深深镌刻在苏格兰乃至不列颠的大地上。主人公哈利·伯特朗曾身无分文地浪迹天涯，“吉普赛性”当下已在他身上打下了难以消抹的烙印，当他回到家乡，他已不再可能是他父亲那样纯正的旧式地主。司各特在《盖伊·曼纳令》篇末暗示：吉普赛人及其所代表的与过往传统的联系不可能真正消亡，他们已经活在、也将持续活在今人身上，虽然在这片土地上遭到自命为主人者的驱逐，然而吉普赛人在某种意义上恰恰是他们的驱逐者的文化祖先。

谈到作为“老智者”原型的吉普赛人的性别，我们会发现自己步入了模糊的灰色地带。一如济慈诗中所言:“老梅格像玛格丽特皇后一样勇敢 / 像亚马棕女人一样高大”；梅格·梅瑞丽丝在现实中的原型珍·戈登（Jean Gordon）就是个膀大腰圆的吉普赛女人；华兹华斯《行乞人》(*Beggars*）一诗如此开篇:“她像一个高个子男人那般高，或许更甚 / 没有小圆帽为她遮蔽热浪……她有埃及人的棕色面庞 / 体格够得上成为 / 统领古老亚马棕兵队的女王 / 足以当上强盗头子的夫人，在那些希腊岛屿上”；电影中最好的例子也许要数库斯图里卡《流浪者之歌》(Le Temps des Gitans）中的老祖母：她刻满深纹的双手不断地接住抛起一只金色的线团，她那张沧桑而壮硕的面孔以及那对忧虑沉稳、仿佛饱含难言之隐的大眼睛简直就是吉普赛之魂本身，在她面前，一座精美绝伦的城池模型正笼罩在夕阳的金辉里，缓缓落下，如同她和她的族人长久渴望却无缘抵达的家园。所有这些吉普赛妇女的形象都英姿勃发，阳刚十足，活脱脱女战士 / 女酋长 / 地母的合体，她们取两性之长，成了自足自洽的双性存在。反过来，到了《简·爱》里，“老智者”却是个扮成女人的男人：爱德华·罗切斯特乔装的吉普赛看相人令简·爱迷惑不解，脱口而出管他叫“妈妈”——仿佛作为智慧源泉的吉普赛人是不允许拥有鲜明性别的。

而吉普赛人在文学中另一种最常见的身份——诱惑者，蛇蝎美人，或称“致命的女郎”（Femme Fatale）——则具有再鲜明不过的性别特征。最著名的两个例子可举《巴黎圣母院》中的爱斯梅拉达和《卡门》中的卡门。此时，文学虽然仍致力于讴歌这支流浪民族的美好品质——热情奔放、自由不羁、勇敢决绝——首先却是对现实误读的反映。在这里，吉普赛人如同在现实中一样，被作品中的多数民众看作是不可信赖、道德败坏、潜藏危险的阴影生物。文学为作为诱惑者的吉普赛人的所进行的平反是不彻底的，或者说，文学在这方面所能做到的最好，就是展现他们所蒙受的冤屈。

“不管他们说自己是流动的音乐家、体操家或杂志表演家，也不管他们生殖能力极强的女伴公开进行催眠活动，做大小把戏——正因为她们没有其他可以公开承认的职业——他们都是些好色之徒，无赖流氓，总之，他们都是波西米亚人。”《孚日省备忘录》（*Les Mémorial des Vosges*,1894）中的这段话或许最好地揭示了如下事实：流浪的吉普赛人首先是因为他们的生活方式而受到敌视的。在十八世纪末的英国，吉普赛人不是作为“种族”遭到围剿，而是作为流浪汉、乞丐和威胁治安的暴动分子。圈地运动禁止民众使用露天场所，针对流浪汉的法规

梵高《吉普赛人的篷车的驻扎》，1888

《沉睡的吉普赛人》，亨利·卢梭

禁止吉普赛人在大路、草地和桥下支起帐篷，因而他们不得不如乔治·艾略特《弗罗斯河上的磨坊》（*The Mill on the Floss*, 1860）中所描述的那样躲藏在深深的巷弄里。对吉普赛人的仇视在 1824 年的《流浪法》出台后达到了高潮，仅仅是过着居无定所的生活这一事实就足以使他们遭到迫害。在法国，第一帝国时期拿破仑也颁布过严酷的反流浪法令，法庭可判处符合《刑法典》第 270 条定义的“游民”六个月监禁，或将其驱逐出境。下比利牛斯省长博尼法斯·安德烈曾一次性逮捕了 475 名卡斯卡罗人（吉普赛人的一支），将他们流放到路易斯安那，因为这些人在本地没有能力过上“有益的生活”。在德国，被纳粹政府迫害致死的吉普赛人约在五十万左右，虽然是出于截然不同的原因。我们已经看到，今天的情况并无二致。这支几百年来四海为家的民族，连带着它所有那些被浪漫化了的老智者们和致命女郎们，也许终有一天将无处流浪。

纸上的黑夜

——米开朗琪罗隐秘的诗歌世界

“水星和金星对他颇怀善意，木星也呈现美好样貌。”这是乔琪奥·瓦萨里（Giorgio Vasari）在1550年出版的《艺苑名人传》中对米开朗琪罗出生时本命星盘的描述。瓦萨里没有给出具体的相位细节，但他所传递的信息已经足够明确：这样的配置意味着星盘主人身上表达能力与美学创造力的出色结合，并能由此获得世俗成功。《艺苑名人传》可谓欧洲艺术史写作开山之作，意大利文书名全称《最杰出的建筑家、画家与雕塑家生平》（*Le Vite de Più Ecclenti Architetti, Pittori, et Scultori*），集三种身份于一身的米开朗琪罗则是被瓦萨里收录时唯一在世的艺术家。或许掌管视觉艺术（雕塑、绘画、建筑）的金星在米开朗琪罗身上太过耀眼，遮蔽了那颗同样璀璨却在手稿尘埃中沉睡了六十余年的掌管辩才、修辞和诗艺的水星——人们很少记得，米开朗琪罗一生中写下了三百多首优美的十四行诗（sonetto，音译“商籁”）和抒情短歌（madrigal），是文艺复兴诗学史上声名与造诣最不成比例的诗人之一。

这也难怪，米开朗琪罗本人对自己的诗歌并不自信，生前也从未出版过诗集。写诗于他是一种见缝插针的页边活动，一种字面意义上的“页缘画”（marginalia）：在解剖草稿背面，在素描留白处，在致友人信件的字里行间。他一生中留下的三百四十三首完整诗篇和诗歌片断，在他去世半个多世纪后的1623年，才经由侄孙小米开朗琪罗之手首次结集出版。并且小米开朗琪罗为了维护老米开朗琪罗的名誉，擅自将情诗中的男性人称代词“他”全部替换成了“她”——直到1878年英国同性恋平权主义者约翰·阿丁顿·西诺兹（John Addington Symonds）自意大利原文将它们译入英文，诗集才以原来的面貌出现在世人前。米开朗琪罗诗歌的译者队伍囊括了一批各语种最杰出的诗人：华兹华斯、朗费罗、丁尼生、里尔克……其

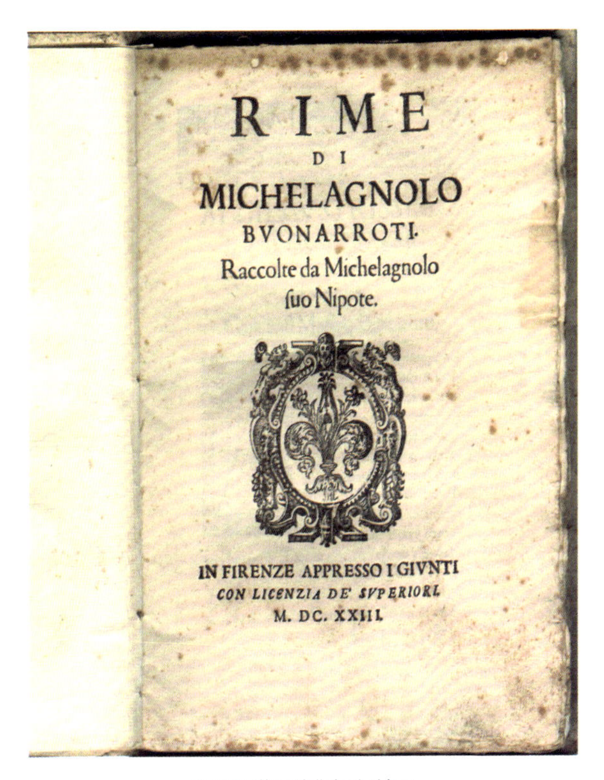
RIME

DI

MICHELAGNOLO

BVONARROTI.

Raccolte da Michelagnolo

ſuo Nipote.

IN FIRENZE APPRESSO I GIVNTI

CON LICENZIA DE' SVPERIORI.

M. DC. XXIII.

米开朗琪罗诗集初版封面

影响可见一斑。

西诺兹认为米开朗琪罗对诗歌的兴趣萌生于少年时期在美第奇宅邸与“新柏拉图学园”圈子的交游。后者自称“柏拉图学园再世”（*academia platonica rediviva*），由一群相信自己是雅典学院复兴者的古典学家和诗人组成，核心成员包括后来成为豪华者洛伦佐之子乔万尼（后来的列奥十世教皇）导师的尚蒂尔·德·贝奇。十五六岁的米开朗琪罗或许是在美第奇家初次接触到荷马和维吉尔，但他真正熟读和深受影响的却是但丁和彼特拉克这两位同乡诗人——尤其是但丁，这在日后他写给但丁的两首商籁表现得淋漓尽致。但丁是他笔下那颗“明亮的星”（lucente stella），对米开朗琪罗而言，但丁永远意味着一个下坠的姿势外加一条上升之路：“以必朽之躯，他自天而降 / 只为把种种地狱探究，然后又飞升 / 回到上帝身边沉思默想”（“Dal ciel discese, e col mortal suo…”）；“他下降至罪业的深渊 / 为我们指路，后来又升起 / 天堂之门立刻为他敞开 / 这个曾叩不开故乡大门的人”（“Quanto dirne si de'non si pué dire…”）。米开朗琪罗对但丁在“人生的中途”遭政治放逐、终身未能返回佛罗伦萨的命运抱着复杂的情感：“然而，愿我变成他！遭人白眼 / 命定被驱赶，我但求获得他的美德 / 不惜用人世的一切幸福来交换。”政权的频繁更迭、委托人的喜怒无常、无止尽的躲债和追债令米开朗琪罗对颠沛流离的境遇并不陌生，但他更多地自命为一个精神上的自我放逐者，一个身在家乡的异乡人。若说但丁《新生》中献给贝雅特丽齐的二十五首商籁第一次将世俗爱欲与宗教情感在这一方言诗体中完美结合，而彼特拉克《歌集》中给劳拉的三百多首商籁把这一诗体推向修辞之巅，以至于意大利体商籁被永远冠以“彼特拉克体”的别名，那么米开朗琪罗对商籁体的贡献——将它的表现空间从情诗拓展到时事讽喻、创作心得、宗教冥想乃至日常生活的油盐酱醋等一切领域——却始终未得到文学史足够的关注。但丁—彼特拉克—米开朗琪罗，这三个活跃于中世纪盛期—文艺复兴早期的托斯卡尼同乡人的创作生涯，正是托斯卡尼方言作为诗歌语言登上历史舞台的过程，也为意大利体商籁日臻成熟，并且在英国变体后生根开花，最终成为近现代最重要的诗体之一的后世发展奠定了根基。理解这条隐秘的诗歌线索至关重要，而长期以来，对该线索上第三个环节的深入研究一直是缺失的。

不过米开朗琪罗留存下来的第一首诗作并非商籁，甚至算不得一首完整的诗。它被信手涂抹在现藏卢浮宫的为《大卫》所作的一幅草图边缘，如今只剩四行残篇。米开朗琪罗时年27岁左右，已经完成了《圣殇》等雕塑代表作，距离《大卫》完工还有不到两年。《大卫》脱胎于一整块六米多高的大理石，因曾被数位雕刻家接手又放弃而布满瑕疵，在采石场沉睡了四十年，仿佛在等待一双能将生命从矿物深处解放的手。接受委托时，年仅26岁的米开朗琪罗证明了自己就是那双手。“非利士人（歌利亚）观看，见了大卫，就藐视他，因为他年轻，面色光红，容貌俊美。非利士人对大卫说：‘你拿杖到我这里来，我岂是狗呢？’……大卫对非利士人说：‘你来攻击我，是靠着刀枪和铜戟；我来攻击你，是靠着万军之耶和华的名’”（《撒母耳记上》17：42-45）——作为圣经中抗击外邦人的以色列少年英雄、如今新近独立的佛罗伦萨共和国的精神象征，米开朗琪罗之前的诸多大卫像（包括多纳泰罗和维罗奇奥的青铜大卫）都被政治正确地塑造成将敌人歌利亚（或其头颅）踩在脚下的“全胜者”形象。到了米开朗琪罗这里，歌利亚却第一次全然缺席。雕塑家选择聚焦于叙事高潮发生前最富戏剧性的一瞬间：机弦已经搭上肩头，石子已经紧攥在手，我们几乎可以听到那拧得出水的骇人寂静。是时候了，这是策兰笔下“石头决定开花的时刻”，也是格奥尔格笔下的词语破碎或缺失之处。正如中古英语短语“in space”既可表示“进入空中”又可表示“过了一阵子”，《大卫》残篇诗手稿中寥寥数行之间的空隙亦将时间悬置，“大卫把投石器紧握 / 拉弓人是我 / 米开朗琪罗 / 参天巨柱被损破”。最坚硬之物常常同时也最脆弱，一如《大卫》原石虽高大却薄得令人惊讶；拉弓的动作是准备毁灭，也是预备从废墟里击出新生。被“损破”的除了石柱，除了巨人歌利亚，还有什么？在存世的第一首诗中，米开朗琪罗选择站在拉弓人（大卫、毁灭者、赋予新生者）的阵营对阵歌利亚（巨石、混沌、质料），写下了他对自己艺术生命的最初预言：在诸多身份中首先是雕刻家，也将以雕刻获得不朽。这首最初的残篇诗成为了一种元诗，我们得以从中一窥米开朗琪罗对自己一生事业的沉思。

而最能彰显米开朗琪罗的水星特质的，是他那些关于夜晚的诗。“正因太阳拒绝用光明的双臂 / 拥抱阴森又寒冷的大地 / 人们才把大地的另一面叫作‘黑夜’/ 却对第二种太阳一无所知……假如黑夜注定也拥有出生 / 无疑它是太阳和大地的女儿 / 太阳赋予它生命，大地令它留驻”（《献给夜晚的第一首商籁》）——白天借助日光的劳作结束后，夜晚是他与自己的心灵独处的时候，白天属于执行和效率，夜晚则属于沉思和灵感。米开朗琪罗并未言明这为世人所不知的“第二种太阳”是什么，或许那是月亮，更可能那是一种如日光般点亮艺术家内心的天启之光：与幽深晦暗不可言说的黑夜相随，诞生于混沌却命定为混沌赋形，每个真正的创作者都熟悉这“第二种太阳”带来的神秘的“照亮”（*illuminare*）。根据瓦萨里的记载，米开朗琪罗甚至常在黑夜中工作：“生活上的节制使他清醒异常，只需要很少的睡眠。夜间他不能入睡时便起身拿起凿子工作，为此他还制作了一顶硬纸帽，帽顶中心固定一盏点亮的灯，无论在哪里工作都可以投下亮光，使他的双手无所障碍。本人多次见过这顶纸帽并注意到，米开朗琪罗同时使用蜡灯和羊脂灯照明”（《艺苑名人传》）。正因熟悉黑夜的这种创造性能量，米开朗琪罗可以向夜发出坚定的礼赞：“谁赞颂你，谁就睿智而明察秋毫 / 谁向你顶礼，心中就不会空虚……你从最深的深渊里唤醒智慧 / 没有什么攻击能折损这智慧之光”（《献给夜晚的第二首商籁》）。

但是米开朗琪罗也熟悉黑夜的另一张面孔，那是一张易受伤害的女性面孔：“黑夜是脆弱的，一把熊熊火炬 / 就能杀死它，剥去它的外衣 / 黑夜是笨拙的，一声枪响 / 就会令它颤抖着鲜血淋漓……它漆黑一团，孤零零又无助 / 向它宣战，只需萤火一束”（《献给夜晚的第一首商籁》）。黑夜的这副阴柔的面孔直接回应希腊神话中的夜之女神霓克丝（Νύξ）：她是创世之初既存在，比奥林匹斯众神更古老的力量。在赫西俄德的《神谱》中，从“夜”撕裂的女性身体里诞生了睡神许普诺斯、死神塔纳多斯、梦神俄奈罗伊和命运三女神；在俄耳甫斯秘仪系列祷歌中，“夜”甚至取代《神谱》中的“混沌”，成为了创世的第一原动力：一切都自“夜”开始。

此时我们再回来看米开朗琪罗晚年为佛罗伦萨圣洛伦佐教堂中洛伦佐·美第奇之墓所塑雕像《夜》（同一组墓像还包括《晨》、《昼》和《暮》）：那位深陷沉思、面容恬静的夜之女神，虽然垂落的鬈发和低头的姿势间流露出无尽温柔，雕塑家却给了她男性般强壮的肌肉、肌腱和关节，而她布满褶皱并绷紧的腹部几乎孕育着一种暴力，仿佛一整个宇宙即将从中破空而出。在这图像与文本的互动中我们不难看出，米开朗琪罗确是黑夜的知己，懂得酝酿于她体内的一切毁灭与新生的神秘潜能：“即使火焰或光明战胜黑夜 / 也不能将夜的神性减少本分……只有夜能赋予人种子和深根 / 阴影也就比光明优越，因为 / 大地上最出色的硕果，是人”（《献给夜晚的第三首商籁》）。世人爱白昼胜过黑夜，黑夜却滋养了人，滋养了米开

米开朗琪罗为洛伦佐·美第奇所塑墓雕《夜》

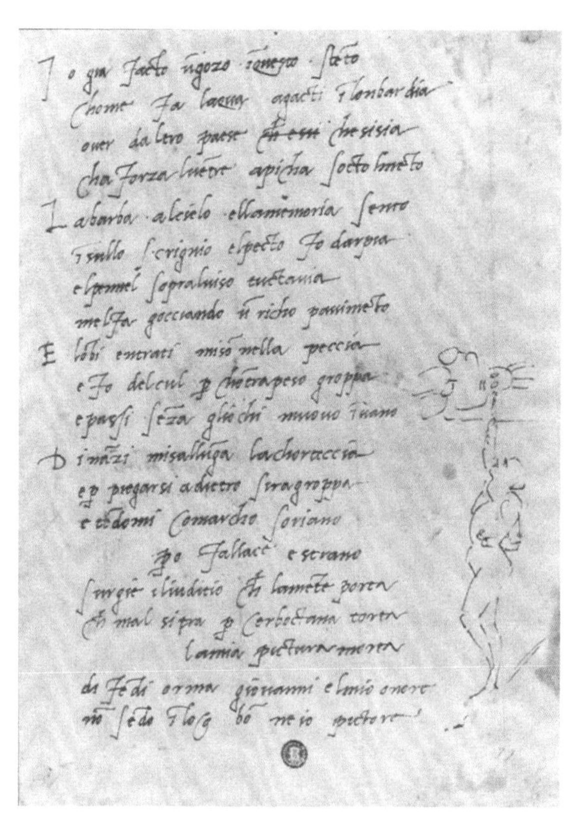

Io gia facto ugozo iqnesto stēto
chome fa lacqua agacti flonbardia
over daltro paese chessisia
cha forza lventre apicha socto lmēto
La barba alcielo ellamemoria sento
insullo scrignio elpecto fo darpia
elpennel sopralviso tuctavia
melfa gocciando uricho pavimēto
E lobi entrati miso nella peccia
efo delcul p chōtrapeso groppa
epassi seza gliochi muovo invano
Dinazi misallunga lachoteccia
ep piegarsi adietro stragroppa
etēdomi comarcho soriano
po fallace e strano
surgie iliudítio chela mēte porta
chemal sitra p cerbectana torta
lamia pictura morta
di fedi orma giovanni elmio onore
nō sedo locho bō ne io pictore

米开朗琪罗《论绘制西斯廷礼拜堂》诗稿边缘的自画像草图，
画中他正在绘制头顶的上帝

朗琪罗这样气质上属于“夜”的艺术家。难怪当乔万尼·斯特洛奇就雕塑《夜》的杰出为米开朗琪罗寄去颂诗（“一位天使用大理石雕刻了《夜》/ 你看她正在浓睡，酣畅而甜美 / 她虽然酣睡，却生气勃勃 / 不信请唤醒她，她会和你答对”），后者会以这样的诗句酬答：“既然世上满是罪恶、耻辱和悲哀 / 隐身于大理石中熟睡才算甜蜜 / 无知无觉，不听不看是最大的幸福 / 不要惊醒我，哦，把声音放轻。”黑夜是米开朗琪罗身体与精神最终的庇护所，也是作为诗人的他隐秘的心灵故园。

遵循但丁和彼特拉克的脚步，米开朗琪罗自然也写作以血肉之躯为致意对象的情诗。他写给比他年轻 34 岁的同性爱人托马索·卡瓦利耶里（Tommaso Cavalieri）的系列十四行诗，成了俗语（vernacular）文学史上最早由男性写给另一名男性的长篇组诗，比莎士比亚写给“俊美青年”的十四行诗系列早了半个世纪。以孔岱维为代表的早期研究者认为这些诗体现了“僧侣般的贞洁”，而今天大多数读者则很难忽略这些诗中歌颂感官美及其所带来的愉悦的成分。不宜以粗暴的灵肉对立论去看待米开朗琪罗的情诗，它们更多时候体现了一种典型文艺复兴式新柏拉图主义的三阶美学观：尘世之美是上帝之美的不完美的影像，肉身的形体之美是精神美的外在映射，后者则是上帝及神性之美的映射。在以发现美和创作美为己任的米开朗琪罗的诗中，三种美反复以一种整饬和融合的形式出现——无论那些诗是书写至死陪伴他的“天使般俊美”的同性爱侣卡瓦利耶里，还是书写他常年靠通信维系情谊的女诗人维多利亚·科隆娜:“被美貌催生的激情 / 不必总被归为死罪 / 如果它能以柔情将心灵融化 / 让天堂的光辉穿透胸膛”(《给科隆娜的第三首商籁》);“我们不被外力影响的坚贞之心中 / 绽放出一株永生的花朵 / 在大地上呼吸着天堂的气息”(《爱的辩护》)。总体来说，米开朗琪罗的这些情诗辞藻华丽灵动，但抒情程式较为保守，基本上是对但丁—彼特拉克情诗传统的继承和发展；比起他那些书写黑夜的充满玄思、力量和个人色彩的十四行诗，不能不说是较为平淡的。

米开朗琪罗还在诗歌中展现了我们难以在他其他领域的作品中见到的诙谐，这在他致比思托亚的乔万尼的《论绘制西斯廷礼拜堂》中表现得淋漓尽致。该诗在形式上是一首“商籁2.0”——在标准的十四行后又添上两节三行诗(tercet)，仿佛不如此不足以诉尽他的主题:“我患了甲状腺肿大，在这逼仄之地 / 就像伦巴第或随便哪儿 / 从腐臭溪流中蹿出来的猫 / 大腹便便，紧贴下巴 / 胡须冲天，脖子耷拉 / 挂在脊背，鸡胸形

同竖琴 / 画笔上滴下斑驳颜料 / 把我的脸抹得五光十色……来吧，乔万尼 / 救救我该死的名声 / 这地方太差，我的本行不是绘画。”1508 年，33 岁的米开朗琪罗被迫搁置教皇尤里乌斯二世陵墓的设计和雕刻，不情愿地接手西斯廷礼拜堂天顶画这一赫拉克勒斯式的艰巨任务。接下来的四年间，他仰着脖子站在脚手架上争分夺秒地工作，虽然成功地向那些等着看他笑话的对手们证明了他在（此前从未正式涉猎的）湿壁画领域同样拥有盖世才华，却也不可逆转地过早损毁了视力和健康，导致余生中都要举过头顶阅读信件。在这首自传诗中，米开朗琪罗以喜剧家的自嘲代替自怜自哀，仅在诗末轻描淡写却又惊心动魄地掷下一句：“我的本行不是绘画。”

终其一生，无论这位艺术家如何一再以建筑、绘画乃至工程设计方面的杰出贡献令世人惊艳，他本人始终视雕刻为最钟爱的手艺乃至天命——或许雕刻正是凡人能希冀无限接近神性的那门手艺：从虚无中（ex nihilo）创造，击碎那别名混沌的黑夜。在米开朗琪罗诗歌中反复出现的那把“铁锤”，与奥维德《变形记》中皮革马利翁借以从象牙中释放出“完美女性”的锤子无限接近，也与威廉・布莱克《老虎》中锻造了“可怕的对称”的造物主之锤无限接近。“每块顽石都在满心期盼 / 我沉重的锤子引出人的面容 / 但引导我创作的是另一位大师 / 控制我的每种动作和节奏 / 群星之外苍穹之中的铁锤 / 每一击都使他自身和别人更加恢弘”——或许再没什么比米开朗琪罗的这节诗更适合充当他一生志业的注脚：凡人若想创造出荣耀上主的美就必须完全祭上自己的技艺和血肉，米开朗琪罗这么做了，并且甘之如饴，同时在金星和水星的标志下。

世界之布：鸟瞰中世纪地图

地图是什么？它要为我们指明方向，还是诱使我们在色彩和符号中迷路？现代地图自诩精确客观，是混沌世界可把握的缩影，是精微的测绘仪器对广袤无限的征服，它们确信自己是“有用的”。可是不精确的地图同样“有用”：我们坐地铁穿越地底，明知地铁路线图上缤纷的线条勾勒的是一个与地面上迥然不同的城市——分布在东西南北的四个站点被画在同一条笔直的直线上——却毫不担心地任由列车裹挟我们，进入城市错综复杂的更深处。

与此相反，中世纪地图从来不以“有用”为起点。如果一一个旅人手持一张“T–O”型地图，企图从伦敦出发去耶路撒冷朝圣，那么他不会找到道路，却将找到一座又一座的迷宫。“世界地图”（mappa mundi）一词在中古拉丁文中意为“世界之布”。在这块承载一切的布料上，河流总是蔚蓝，海洋总是碧绿（确切地说是“土耳其绿”，turquoise）——红海例外，它自然是血红的——大地永远是一种闪烁着金辉的褐黄，那是缝制地图的牛皮的颜色。虽然年代悠久使矿物颜料剥落了光华，这些中世纪地图如今大多只呈现乏味的深棕色，我们应当记得它们曾是一块由色彩、事件、物种与概念织成的百衲被，一页继承了普林尼式古典博物志视角的百科图鉴。

所谓“T–O”型是中世纪盛期最常见的一种地图范式。圆形的O勾勒出地图的边界，T的三支分叉则标识着当时欧洲人眼中的三大中心水系：尼罗河、顿河与地中海，同时将世界分作三块：上方的半圆是亚洲，左下与右下的两个四分之一扇面分别是欧洲与非洲。我们如今早已熟悉了“上北下南，左西右东”的定位模式，而在中世纪地图上，位于顶端的却是东方：人们相信那里是伊甸园所在，文明开始的地方，同时也是人类堕落的起点——还有什么比画在地图最高点的知识之树和亚当夏娃，更能形象地表明下方的一切都是一场堕落的产物？自

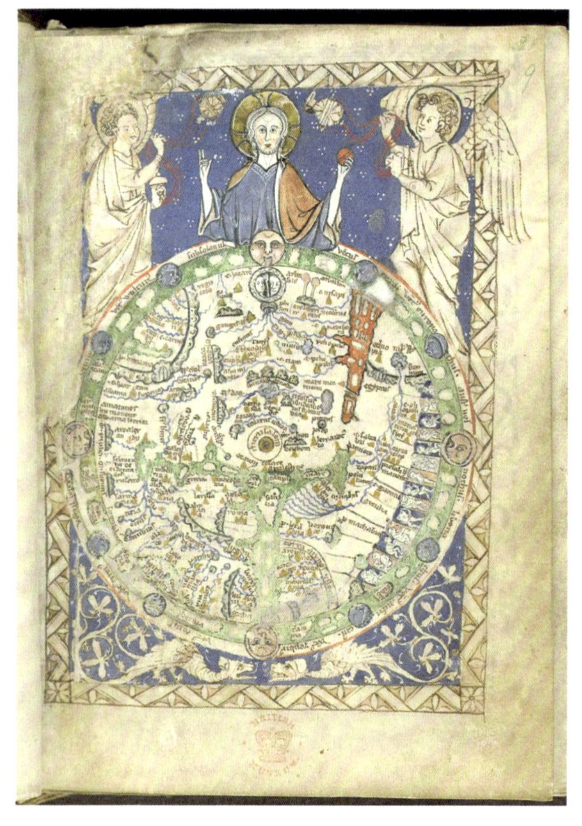

《赞美诗地图》，十三世纪英国

简易中世纪“T－O”地图范式

埃布斯多夫地图局部，十三世纪德国，顶端为基督与伊甸园

然，由于太阳从东方升起，那儿也是适合于迎接基督再临的方向。由于东方（拉丁文 oriens）在中世纪地图中的特殊地位，也就不难理解英语中“定位”（orientation）一词的来源了。其实，如果把一张“T–O”型地图向右旋转 90 度，你就能看到现代地图定位方式的端倪。

另一个重要的定位点，你大概已经猜到，位于地图的圆心：耶路撒冷。现代地图只在空间维度上展开，中世纪地图却同时包含时间与空间两个维度。也就是说，它不仅关乎地理，更是一部基督教视野下的世界历史，记录着从创世之日到末日审判的一切关键事件。以现存最完整的“T–O”型地图，十三、十四世纪之交绘制于英国的“赫尔福德地图”（Hereford Mappa Mundi）为例。在这幅以单张牛犊皮制成的世界之布上，可以在伊甸园正下方看见巴别塔（被“归化”为一座带炮塔的十三世纪城堡），左下看到装满动物的诺亚方舟，右下看到红海被一条曲线巧妙地截断，仿佛出埃及的以色列人正紧随摩西的手杖渡海。

地图的时间轴进一步延伸到更远的异教时代：牛皮的最低点，也就是正西方画着位于直布罗陀海峡的“赫拉克勒斯之柱”。根据希腊神话，力士赫拉克勒斯劈开了阿特拉斯山，使地中海与大西洋汇合，裂开的山岩形成了这根巨柱，上刻“越过此地什么也没有”，标识着已知世界的西方尽头。又：伊阿宋的金羊毛出现在黑海沿岸，一只乐呵呵舒开四肢、看起来好像被压扁的羊；亚历山大大帝的军营出现在波斯；米诺牛的迷宫出现在克里特岛，中心还有圆规作画留下的针痕。

在这类地图上，地理和历史均不纯粹，三分之一是现实，三分之一是观念，剩下的纯然是想象。然而它们一概被当作现实来呈现，一如以伊西多尔大主教（Isidore of Serville）所著《词源》为代表的中世纪百科全书——其中，某小镇人口统计结果与人类走路登月所需的天数被当作同样真实的数据。在典型中世纪思维中，神学现实就是最高现实，也是唯一重要的现实，地图绘制者需要做的就是以时间和空间为经纬，编织这块本质上是球形的“世界之布”（没错，和普遍的误解相反，中世纪人老早就清楚世界不是平的），并把异教徒和虔信者的图标排列分配，绣到它们应得的位置上。十二世纪神学家圣维科托的休（Hugh of St Victor）说，“世界是一本书，以上帝的手指写就”，地图也一样，缝纫这块世界之布的恰是信仰的手势。

最疯狂的要数分布在地图边缘的，仿佛刚从《山海经》里走出的摇头晃脑的异形人或重口味怪兽。它们的出处多在古希

赫尔福德“世界之布”

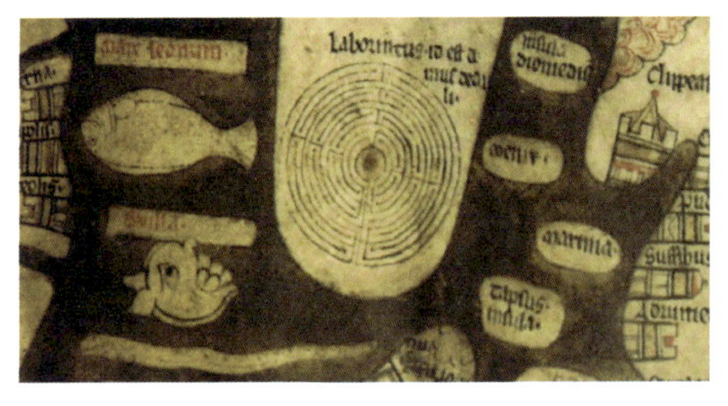

赫尔福德“世界之布”上的米诺牛迷宫，和今天一样位于希腊

西方版“刑天”不莱梅

加强版刑天

伞足人

腊人对未知地域物种的幻想式记载，也有不少时间和地点上更近的文本依据，比如约成书于1000年的古英语志怪集《东方奇谭》(*The Wonders of the East*)。《东方奇谭》中对著名的狗头人（Cynocephali）是这么描述的："他们长着马鬃、野猪的獠牙和狗头，呼出的气如狂暴的烈焰"，并且他们住在"埃及人土地的南半面……邻近充满尘世财富的城市"。

类似的，对无头人"不莱梅"（Blemmeys）或曰"刑天"的描述则是，"不列颠以南还有另一个岛屿，上面的人生来没有头，他们的眼睛和嘴长在胸前。他们身高八尺，宽亦有八尺"，另一位中世纪作家把不莱梅写成了腹语者："像律师一样，通过肚脐眼讲话！"

此外还有仅有一只巨大脚掌的伞足人（Sciapods），他们走路时用一只脚跳得飞快，休息时就举起巨足为自己遮阳，仿佛撑开一把伞。地图编绘者往往将这些怪兽安插在无人去过的边地：印度、中国、南非、北极。再次以"赫尔福德世界地图"为例，离位于圆心的耶路撒冷越远，地图上的物种就越狂野：从大象、猞猁、犀牛、孔雀这类虽然少见于欧洲、却还不是闻所未闻的珍稀动物，一直到长得歪瓜裂枣的食人族和怪兽。

In Ethiopia sotto occidente sono huomeni bene formati, ma nó hano se nó una gaba có uno piede
grádissimo, e quando el sole e al mezo giorno si butano in terra e có quello si fano ombra e
defendonsi dal sole e quádo caminano uano a saltoni e parlano come noi in suo linguagio
et sono grá Zoieleri le qual zoglie spazano ali mercáti di ermenia e baratano in grano

大脚底下好乘凉

地图上的海怪，异形“乌贼”和“海象”

实际上，这一传统继承了普林尼和奥罗修斯这类古典历史作家的百科全书视角，也从整个中世纪最受欢迎的世俗文类之一——彩绘动物寓言集（bestiary）——中汲取了营养，更与同一时期刚刚开始进入欧洲人视野的各种或真或假的异域纪行相互影响。马可·波罗的纪行只是最后一个文类里恰好风靡的一部，但同类作品，比如稍晚一点的英文作品《约翰·曼德维尔爵士游记》（*The Travels of Sir John Manderville*），其中提到的东方诸国的无头人、双性人、靠闻苹果香味才能存活的人、处女膜有毒因而会令初夜对象死去的少女……与“世界之布”上的异形们出于一种同源的想象力，秉承同一种历史地理的表现方法，也经常形成绝非巧合的图文互动。而地图异形们的另一个源头，动物寓言集传统，今天依然在博尔赫斯《想象的生物之书》（*The Book of Imaginary Beings*）这样的作品中幽魂不散。

中世纪人相信，由于诺亚的三个儿子分别在亚洲、欧洲与非洲繁衍后代，地球上的其他大陆必然无人居住，或者是头朝下走路的“反足人”的老家，总之不值得记载。赫尔福德地图上确凿可知的城市历历可数：罗马、巴黎、西西里，当然还有它的绘制地点，位于左下角不列颠诸岛的赫尔福德郡。对于那些欧洲人对其地理人文一无所知的“蛮夷之地”，只能用它们的怪兽居民作为其 logo 标识。这也许反映了一种殖民式优越，也许只暴露了对未知疆域的恐惧，更多地则向观者传递着末世论的威胁：如果上帝可以让一些人生出狗头、上嘴唇盖住整张脸、双耳垂地、五官生在腹背，那么他当然也可以使恶人在地狱遭受更恐怖的扭曲和永久的折磨。

漫游在地图各角落的这些或走、或跳、或尖叫的地狱居民，不仅是《东方奇谭》这类“奇迹文学”（mirabilia）的视觉表现，更是神学寓意的彰显。没有无辜的麻风病人，没有无辜的怪胎和病患。如果一个人的身体器官发生了扭曲，那么要不就是污鬼住进了他的身体（如我们在圣经里经常看到的），要不就是他内心扭曲不洁的外在体现——这种今天看起来政治超级不正确的逻辑，深深潜伏在中世纪病理学的意识形态中。正如罗杰·培根在十三世纪所言，罪业“与自然秩序相反”，因此“一个被恶习改变了形态的人不能被看作人”。地图上这些“人间失格”的半人半兽们于是成了劝人行善的一种“死亡预警”（memento mori），在观看者猎奇的目光下散发着森森寒意。

这就将我们带往“世界之布”的最边缘，也就是赫尔福

位于《赞美诗地图》边缘“人间失格”的异形们

“去吧”，扈从向依依不舍的骑士说

德地图的圆周所在。那儿，在东南西北四个方向，分别写着字母 M-O-R-S——“死亡”。它们像四枚铆钉，牢牢将这个必朽的尘世铆在原地，提醒人们此世的局限以及转瞬即逝，一如作为地图载体，曾经色彩斑斓如今却只剩单调褐色的牛皮；唯一确凿的就是对来世的盼望。右下角画着大概是整张地图上最伤感的一幕：一位骑士已经策马走出了圆周，却在马背上转身，向此世投去最后一瞥，一只举起在空中的手掌似乎在向曾经的一切羁绊挥别；左边，他的扈从牵着一条狗，向马上的人说：passe avant ——“去吧”，去往那个充满恩典，完美而不朽的世界，切莫流连。“死亡”的第三个字母“R”恰恰压在骑士的马鬃上，是巧妙藏匿在图像中的题眼。这无法不让我想到叶芝为自己选定的墓志铭，出自《本·布尔本山下》一诗的短句：“向生死投下冷眼 / 骑士们，向前”——后半句连措辞（“Horsemen, pass by”）都与赫尔福德地图上的死亡预警如出一辙，不由得引人猜测，叶芝是否也曾访问赫尔福德大教堂，在这张迷人而又阴森的世界之布前驻足，并留意到阴暗角落里的这个细节？

“地形学不会偏袒；北方和西方一样近。/ 比历史学家更精微的，是地图绘制者的色彩。”当伊丽莎白·毕肖普写下这样的诗句，生于二十世纪的她已在无意中进入中世纪地图的思维模式。在十五世纪以前的欧洲地图上，地形学是想象与实证的折中，是对古典文献中各种天方夜谭的迷恋，也是百科全书式保存知识的雄心，更是一种希望万物各就各位（如大教堂中的每一块石头和每一件圣物）、对归类与秩序的绝对需要。然而这一切如果不在神学的统筹下发生——一种基督教视野下的历史地理学——就什么都不是。缺少了信仰的目光，“世界之布”也将支离破碎。即使到了地图学发生翻天覆地革命的大航海时代，乃至文艺复兴早期，这份中世纪遗产依然在许多肖像或静物画中潜流暗涌。凝视下面这幅约作于十五世纪中期，出自荷兰肖像大师罗希尔·范·德·威登笔下的《圣路加为圣母画像》，尤其是顶部被水平和垂直屋梁分割的圆窗，你能发现什么秘密？

没错，被画家巧妙地藏在暗处，又上下颠倒了位置的，正是一幅典型的“T–O”型地图。如果我们再仔细观察下方两根廊柱外风景的构图，会发现圣母和圣路加恰恰位于“地图”的定位点——亚洲或者东方。

罗希尔·范·德·威登《圣路加为圣母画像》

《圣路加为圣母画像》细节

不要在中世纪花园入眠

——从“禁闭之园”到人间天堂

十二世纪以降，欧洲中世纪文学舞台上突然密集出现了一类大受欢迎的虚构作品：梦幻诗（dream vision poem）。这类梦幻诗主要有两个源头，一是以《圣经》中各种天启和先知解梦故事为代表的宗教梦谕，二是以西塞罗《西庇乌之梦》为代表的古典道德训谕梦（以及深受其影响的晚古时期畅销书，波伊提乌《哲学的慰藉》）。独具中世纪特色的是，十二至十五世纪梦幻诗的主人公往往在一座曼妙的花园里坠入梦乡——或是紧挨着一株鲜艳的玫瑰，或是坐在修剪成迷宫的树篱中央，或是躺卧在香气扑鼻的花床上。比如英国文学国父乔叟写于十四世

纪的《巾帼传》(*The Legend of Good Women*)之序诗:

在我的一个小花园中,
在铺上新鲜草皮的长椅上,
让下人快快为我铺床;
为了向临近的夏日致敬
请人在床上洒满鲜花。
当我躺下,闭上双眸,
只一两个时辰就进入梦乡。

又比如十五世纪苏格兰诗人威廉·邓巴尔(William Dunbar)《金盾》(*The Golden Targe*)的开篇:

正当太阳开始照耀,
晚星与月儿上床睡觉,
我起身,紧挨一株玫瑰。
清晨的黄金蜡烛升起
水晶般明澈的光芒四射
令巢中的鸟儿喜悦不已……

快乐鸟儿的和谐歌唱

还有身畔河流的潺潺声响，

催我在花之披风上坠入梦乡。

这些梦幻诗绝大多数发生在一年中气候最宜人的五月。“坠入梦乡”后，主人公继续在花园里经历起先摧枯拉朽、终于惨淡收场的爱情（如《玫瑰传奇》和《金盾》）；或者漫游仙境，学习人生哲理（如《声誉之宫》和《百鸟议会》）；或者与美人舌战一万回合，见到《启示录》式异象，领悟痛而切肤的教义（如《珍珠》）——无论如何，当主人公从黄粱一梦中苏醒，他或者她（通常是他）永远会回到开篇处的花园，园中鸟语花香照旧，梦者却不复如初，万分惆怅。

值得注意的是，这些催人入梦的花园，或是主人公在梦境中睁开双眼第一眼所见的花园，几乎无一例外是一类封闭的花园（hortus conclusus）。无论是有钱人家的石墙、砖墙还是平民化的树篱和灌木，一道固若金汤的屏障将无序、混沌、风雨飘摇的外界隔开，守护着园内秩序井然、几何般精确和谐的一切：成排栽种的观赏花朵和香料、列成方阵的果树、八角或六角凉亭、带兽头的中央喷泉、一条或四条流向墙外的小溪、流

费雷尔手稿《玫瑰传奇》中，
“我”脱离入睡的身体，进入花园

哈雷手稿《玫瑰传奇》中，
“我”被“欢迎”引入闭锁的花园

连穿梭其间的淑女和怀抱乐器的吟游诗人。

这类封闭花园可被归入一个更早、涵义也更广阔的地貌概念：早在贺拉斯《诗艺》和维吉尔《埃涅阿斯纪》中就频频出现的“赏心悦目之地”，或曰“乐土”（locus amoenus）。到了中世纪早期伊西多尔大主教编纂的百科全书《词源学》中，“乐土”是和“亚洲”、“欧洲”、“利比亚”（当时唯一为西人所知的非洲国家，埃及被归入“亚洲”）并列出现的地理学词条。何以到了中世纪盛期，原本囊括山谷、森林、牧地等一切史诗及田园风景的“乐土”的领地日益缩小，逐渐单薄，最终几乎等同于“封闭花园”这一概念？是怎样一种幽闭癖和不安全感，使得中世纪人不仅要在现实中筑起高高的城墙与雉堞，还要在梦中把对极乐世界的终极理想表现为一座禁闭的花园？

对这类梦幻诗以及抄本中与之相伴出现的彩绘手稿稍加注目，我们会发现，活跃在中世纪盛晚期艺术想象中的“禁闭之园”直指《旧约》中的两座花园。首先就是《雅歌》中佳偶的花园：“我新妇，你的嘴唇滴蜜，/ 好像蜂房滴蜜；/ 你的舌下有蜜有奶……我妹子，我新妇 / 乃是关锁的园，/ 禁闭的井，封闭的泉源……你是园中的泉，活水的井 / 从黎巴嫩流下来的溪水”（《雅》，4:12-5）。

早期教父对《雅歌》中所罗门王与新娘的对话有着众说纷纭的阐释，其中最流行的几种见解，一是将之看作基督与教会之间的联姻，二是看作个体灵魂与创世主之间的联姻，三是将基督的佳偶看作圣母本人。在最后一种阐释中，童贞女玛利亚的子宫就是一座封闭的花园，只有上帝的神意能够穿透。在中世纪晚期和文艺复兴早期的许多“天使报喜”主题画作中（包括弗拉·安吉利可和达·芬奇的作品），天使加百列和玛利亚常常被锁入一座由木篱或石墙砌起的封闭花园中。画面上，玛利亚总是位于更深、阴影更多、有建筑庇护的位置——封闭花园中的另一重禁闭空间——天使则置身于露天花园中，或者正在进入玛利亚的庇护所。后期解经家认为，圣言通过报喜的天使降临玛利亚的耳朵，以及玛利亚的童贞受孕，这两件事是在同一瞬间发生的；可以说，道成肉身这一最核心的历史事件，同时意味着对封闭花园的突破。

此外，基督生平中另两个关键情节——在客西马尼园被捕，以及受难之后复活（复活后的基督以园丁的样貌向抹大拉的玛利亚显现，此记载仅见于《约翰福音》）——同样发生在花园中。无怪乎即使披上了世俗文学的缤纷外衣，一座封锁的花园永远躺在欧洲中世纪人的潜意识深处。“禁闭之园”乃是

“天国小花园”，十五世纪初德国手稿

弗拉・安吉利可《天使报喜》

列奥纳多・达・芬奇《天使报喜》

串起整个基督教叙事系统的旋转枢纽。

另一座《旧约》中的花园则指向一个更遥远、更加饱含悲叹与惆怅的过往，读者诸君或许早已猜到，那就是《创世记》中与我们永远失之交臂的伊甸园。总是位于中世纪 T–O 型地图的顶端，起初，那是人类安身立命的丰饶之所："神在东方的伊甸立了一个园子……使各样的树从地里长出来，可以悦人的眼目，其上的果子好作食物"（《创》，2：8-9）。在亚当夏娃犯罪之后，伊甸不仅成为一座失落的花园，更成为了一种原型意义上的封闭花园："于是把他（亚当）赶出去了。又在伊甸园的东边安设基路伯，和四面转动发火焰的剑，要把守生命树的道路"（《创》，3:24）。

在《旧约》成书的年代，炽天使基路伯绝不是我们喜见于文艺复兴绘画中的、除了会飞以外人畜无害的胖嘟嘟的婴儿，却是接近于古代近东神话中频频出现的，迄今可在大英博物馆或卢浮宫亚述馆神庙前看到的面容威严、鹰翼狮身的神兽拉马苏，震慑着所有觊觎乐园和其中果树的冒失者。如果说《雅歌》中的花园是一座寓意或象征层面上的禁闭之园，那伊甸园就是货真价实的被封锁的花园。难怪中世纪花园手抄本处处令人回忆起伊甸园，尤其是《创世记》中提到的灌溉伊甸园的四条河流（比逊、基训、底格里斯、幼发拉底）——它们成为了将封闭花园四等分的醒目组件。当然，这类手抄本也可能从十字军从东方带回的细密画手稿中汲取了灵感：以十字型水渠将花圃四等分，这恰恰是典型波斯宫廷花园的特征。实际上，“天堂”（paradise）一词的词源之一就来自古波斯文“pairidaeza”，字面意思即“有围墙的花园”。

波斯花园的建筑理念或许直接源自《古兰经》中对天堂的描述，那儿同样有四条河：水之河、牛奶之河、酒之河以及蜂蜜之河。进一步说，在许多古老的东方宗教——包括耆那教、印度教、佛教和苯教——的宇宙观中，位于世界中心的麦如神山（即佛教之须弥山）都被四条河流环绕，随后才是层层向外递进的海洋和山脉。东方的花园设计师试图在人间砌造一种对天堂的预尝；在基督教的中世纪欧洲，人们则通过砖石草木，通过羊皮纸上的矿物颜料，通过藻绘梦境并赋予世界结构，来试图整合两座失落在时光中的花园。无论是伊甸园（堕落与隔断之园），还是《雅歌》中佳偶的花园（拯救与新生之园），两者都是绝对封闭的花园，不可触摸，无法进入，只在解经师的羽毛笔尖忽闪并消逝，或在多重寓意的断层中扩张和缩折成一座移动的迷宫。假如乐园已经不可挽回地失落，就让我们在大

“亚当夏娃被逐”,《霍侃图画圣经》,十四世纪手稿

耆那教宇宙地图,四河环绕的麦如神山位于世界中心

波斯诗人内扎米《五卷诗》细密画，池中戏水的少女

蒙古征服者巴布尔与侍从游园，另一种细密画中的“四河花园”

地上重建天国。而这些由人类所建造的天国花园——无论是在梦幻诗、手抄本还是现实中——虽然奠立在伊甸园或雅歌花园这样封闭的原型之上，却并非真正不可进入：墙上有门，门上有锁孔，而树篱和砖，其实并不高耸。大地上的封闭花园永远多孔、可渗透、诱人擅闯：来突破我吧，如果你敢，来与我的玫瑰、石榴和温柏融为一体，以感官品尝、进而以灵魂想象神意的甜蜜。

因此我们在手抄本上看到众多或低头读书，或拨弄琴弦，或独坐编织花环的少女：封闭的花园中娴静而专注于某事的少女，是理想灵魂状态的一个比喻。孤独且自洽，无需伴侣就已得到完美的陪伴。她甚至可以什么都不做，像静定的玛利亚而非忙里忙外的马大——沉思是唯一与灵魂本性相宜的动作，并且真正重要的一切都诞生于事与事、念头与念头之间空虚而寂静的深渊。但她最好是睡着的，因为睡眠，睡眠中的灵肉分离，以及“入睡”（fall asleep/tomber de sommeil）这一动词词组所暗示的种种下坠，恰是这类虚静深渊的绝佳比拟。正如南希（Jean-Luc Nancy）在《入睡》（*Tombe de Sommeil*）中所言——该书法文标题亦指涉名词性的“坠”（tombe）与“坟墓”（tombe）之双关——“通过入睡我坠入自身……我坠入自

花园中编织花环的艾米莉亚

风暴中酣眠的基督

睡眠作为创造的一环，上帝从睡着的亚当身上抽肋骨造夏娃

身的满足和虚空：我成为深渊，成为坠落本身，深水的密度，反向沉没的溺水尸身的下降”。在花园里入睡，在花园里下坠，坠入土，被埋葬：在花园里睡着就是死一场。

此时我们再读成文于十五世纪的《淑女集会》（*The Assembly of Ladies*）——现存以中古英语写就的梦幻诗中，唯有这首诗的叙事者是女性——当“我”在修剪成迷宫的花园中离开散步的女伴们，独自步入一方僻静的“园中园”，凝望着眼前的雏菊、清泉、五彩卵石铺就的路面，“我”似乎再自然不过地“落入”了睡眠：“忆及往昔万般事体 / 我沉思着深深叹息 / 原地坐下，我沉沉睡去。”入眠者的灵魂将在梦中经历种种奇遇，它甚至会在完成坠落之后展开一段飞升的旅程，见到天国的预演或是新耶路撒冷的幻象（以《珍珠》一诗为典例）。然而在旅程终点，它却必须返回被留在花园里的身体。只要这一点不改变，入眠者的灵魂就不可能得到彻底的喜乐：凡胎肉躯不能活着品尝天国。中世纪诗人与画家们如此痴迷于花园里入睡的意象，或许因为隐隐知道这是一场信仰的试炼：睡吧，这样就能在醒来后知道如何更好地生活。在几乎所有十四、十五世纪梦幻诗的结尾，从天国花园返回地上花园的主人公总是一边悲叹梦境的消逝，一边决心做个更虔敬的人，以期在死后获得通往天国封闭花园的钥匙，并在其中永远居住。

最后，我们来看一张极为罕见的手稿：在或许是最早的中世纪“四格漫画书”之一的艾格尔顿《图解创世记》的首页背面，上帝在自己创造的花园中入睡。中世纪绘画中对三位一体中圣子的睡姿并不缺乏表现：耶稣在狂风暴雨的海上睡着是一个普遍的图像学主题。然而对圣父睡姿的表现，可谓少之又少。通常，在花园里睡着的是亚当，上帝则立在一边用他的肋骨造着夏娃——手抄本常把这一幕表现为连体人，画面十分惊悚。但在艾尔格顿手稿中，因创世而筋疲力尽的上帝单手托腮，另一只手轻轻搭在支起的膝盖上，裸露着双足——若不是头上的光环和华丽的胸针，很容易被看作一个劳作后小憩的牧羊人。这也是这张用色朴素的手稿最打动我的地方：圣经原文中从未提及一个睡着的上帝，顶着因过分表现圣父的人性而被视作异端的潜在罪名，它向我们呈现了如此日常却又惊心动魄的一幕：在最初也是最后的完美花园里，连造物主也坠入睡眠，或许与被造物分享同一个危险的梦乡。

入睡的上帝，艾格尔顿《图解创世记》

中世纪“脸书”

——床边、窗畔与马背上的肖像传统

人人都熟悉这个段子：休了第一任王后、斩首了第二任王后、谣传也要为第三任王后死于难产负一点责的英王亨利八世，准备在全欧洲物色第四任王后。御用画师小汉斯·荷尔拜因远赴德国，为掌玺大臣克伦威尔推荐的人选克利芙斯的安妮（Anne of Cleves）画像，画上的安妮额高且宽，杏眼低垂，笑容恬淡，不失为一位雍容大气的美女。亨利兴冲冲跑去提亲，见到真人后却回家大骂“她长得就像一匹马！”——此时要悔婚又不得罪德国新教势力已是不可能。但半年后亨利终于还是休掉了安妮（两人从未圆房），当月就娶了第五任王后凯瑟琳·霍华德（不到两年亦被他斩首），克伦威尔也因此（以及其他各种原因）获罪，掉了脑袋。

这是十六世纪中叶。“都铎王朝的奇葩亨利”有理由大发雷霆，因他曾亲口嘱咐小荷尔拜因，“画得越像越好，不要拍她马屁”。然而，只需将日历向前翻三四个世纪，亨利对肖像画的期待就会被视为疯狂：“现实主义”的肖真性和对人物独一无二个性的凸显在中世纪画师那儿没有位置；人们对肖像画中人物的期许，不是他本来所是的样子，而是他所应当是的样子。中世纪肖像画不是要如拍立得般捕捉某人在某个瞬间灵动的表情，而是要为世世代代保存他或她所希望被铭记的样子。甚至连微笑的肖像都不容易找到，因为笑，就如艾柯《玫瑰的名字》中盲图书馆长所坚持的那样，在中世纪基本被认为是轻浮的、渎神的、扭曲的、颠覆的，简而言之：不上镜的。假如中世纪盛期的人也用“脸书”（Facebook），那将是一场灾难，你所有的友邻看起来都会是一个样：歪瓜裂枣的五官（承认这点吧）、空洞呆萌的眼神（和八大的鱼颇有几分神似）、只能勉强看出性别的发型、在判定年龄方面毫不可靠的胡子。要知道都有谁觉得你明天要去树林里猎兔子的主意很赞，唯一可供参考的只有：服饰（盔甲还是斗篷、丝袍还是僧衣）、器物（权

小荷尔拜因所作克利芙斯的安妮肖像，
约 1539 年

杖还是书本，宝剑还是钥匙）、家族纹章（如果你是贵族，当然，不是的话你也画不起肖像）。

比如，在德国希尔德斯海姆圣米迦勒修道院绘制的《施塔姆海姆弥撒书》手稿（约 1170 年）中，前院长希尔德斯海姆的圣本瓦德立于画面正中的拱顶下，被两侧柱状饰边和上方三角形屋顶内的七名僧侣头像包围——正是这些僧侣将弥撒书献给死去的本瓦德并祈求他的庇佑。然而，画师笔下的圣本瓦德与众僧侣的面容几乎毫无二致：同样的土星头（中心剃光，周围留下一圈土星光环般的残发，表示已立誓进入修会，只是圣本瓦德的土星头被高高的主教帽盖住了）、高鼻梁、奋力紧抿的双唇（再上扬一寸就将突破笑与不笑的边界）、上翻的眼珠和丰富的眼白（秉承了早期圣像学传统中神职人员必须“仰望高处的上帝”的要求）……没错，僧侣们的发色的确分为浅金、深栗、银灰、花白四种，肤色有苍白、黝黑、通红之分，并且有的蓄须，有的没有。但这类差异与其说是要以独一无二的外貌特征提醒人们画中人是谁，莫如说是为了表现“一切僧侣，无论年长年幼，肤色发色，都紧密团结在可敬的院长周围，求他为我们赐福”这样的象征性祈愿。在确实需要点明人物具体身份的地方，画师谨慎地在头像下方加注了名字（屋顶上的僧侣基维尔哈都斯与左上角的僧侣维迪金都斯)。画师本人则单膝跪在圣本瓦德脚下，无比虔敬地双手捧着圣人的一只鞋——这也是一项重要的肖像传统，比如出自英格兰东南部的《伊阿杜圣诗集》(约1020年)首页彩绘中，画师伊阿杜为了捧住圣本笃的左脚不惜五体投地，并让圣人的右脚踩住自己的头顶。

不妨区分一下宗教题材的肖像画与俗世题材的肖像画，虽然在中世纪盛晚期两者往往交互糅杂。前者中最著名也最具争议性的，自然是基督本人的肖像。一个经常被遗忘的事实是:《圣经》中没有任何一处提到基督的外貌。由于十诫中第二条的明令禁止，圣像崇拜与制作一直是早期基督教会史上的雷区。尽管八九世纪东罗马帝国的两次大规模圣像破坏运动遭到程度不一的反弹，并有大马士革的圣约翰等一干强力神学家为圣像的合法性辩护——“如果我们为不可见的上帝制作一个圣像，那我们的确是犯错了……但我们并没有做这类事情；我们没有犯错，事实上，我们只是为那道成了肉身、并在肉体中显现于世的上帝制作了一个圣像；在他那说不出的美善中，他与人类一起生活，并承受了肉身的本性、体积和色彩”(《论圣像》)——这种战战兢兢的犹疑却依然贯穿整个中世纪圣像传

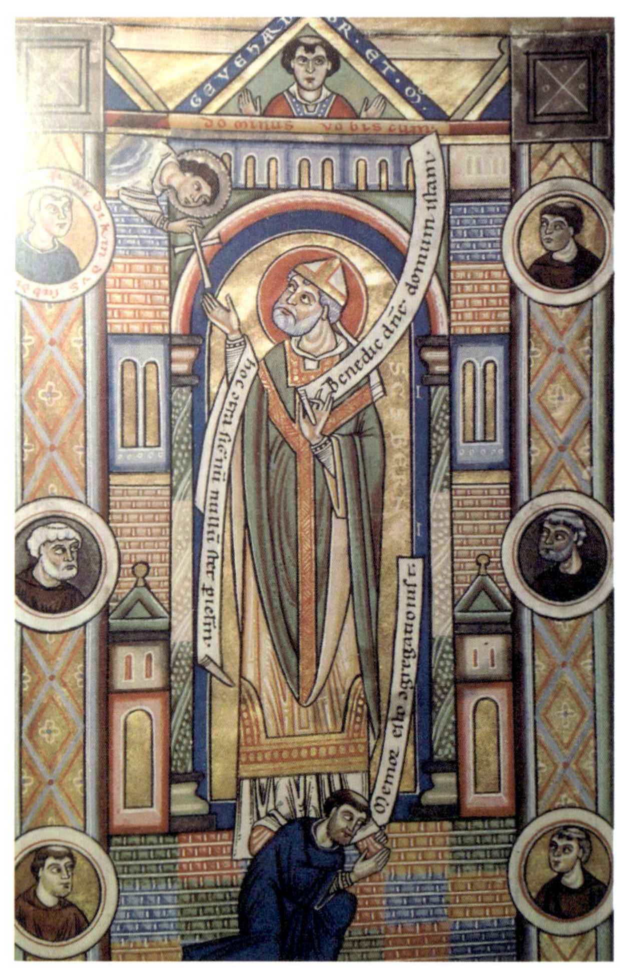

《施塔姆海姆弥撒书》中的圣本瓦德像，今藏洛杉矶盖蒂博物馆

《林迪司法恩福音书》圣名文织页，成书于八世纪

统。比如，早期基督教画家常把基督表现为一只被信众包围的雪白羔羊（典出《约翰福音》第一章第二十九节，施洗约翰："看哪，上帝的羔羊，除去世人罪孽的"）；六至九世纪间，以圣名文织 Chi-Rho——希腊文"基利斯督"（XΡΙΣΤΟΣ）的头两个字母——来指代基督成为通例，著名的《凯尔经》与《林迪司法恩福音书》中都有仿佛出自天使之手，华丽到令人目眩的"圣名文织页"。

然而，这些退而求其次的办法终究满足不了人们渴盼一睹圣容的热望。约从六世纪起，一种双目炯炯、额头宽阔宁谧、深栗色长发、胡须又短又密的"耶稣钦定像"在拜占庭东正教圣像传统中发展起来，传入西欧后又逐渐演变为今天我们所熟悉的额发中分、胡须中分、耳际以上为直发、耳际至肩膀为浓密鬈发的形象——"鼻子和嘴唇完美无瑕，他是人间最俊美的人"（十五世纪伪经《蓝图鲁斯书信》)。一些学者认为，此种耶稣形象是早期基督教艺术家借鉴古典时期异教神祇与哲学家造像——比如罗马帝国初期某座古希腊医神阿斯克勒庇俄斯青铜像——的结果。我们认为，它们很可能有个更直接的缘起，那便是盛行于中世纪欧陆的"奇迹肖像"。

所谓奇迹肖像，是指那些与耶稣的脸直接接触后"印下"

他面容的布料，人们相信这类“非出自人手的肖像”不但完美地保存了真实的圣容，还能包治百病，比如治好以得撒国王阿布加尔的圣手帕（东正教称之为“曼迪里翁圣像”，耶稣曾用它拭面）、传说中随耶稣下葬的都灵裹尸布，以及最富盛名的“维罗妮卡面纱”（又称“索达里乌”，拉丁文“汗巾”）。维罗妮卡面纱的故事如下：在基督背负十字架前往骷髅地途中，虔诚女子维罗妮卡以面纱为他拭去脸上的血痕，遂发现上面奇迹般出现了基督真容，据说只要凝视面纱聚精会神地祈祷，就能缩短死后在炼狱里受考验的时间。民间讹传也好，教会有意构织也罢，正是此类传说使得“维罗妮卡面纱”成为中世纪盛晚期最受欢迎的绘画题材之一：逼真的临摹画被认为与原始面纱具有同等神奇的效力。

然而，恰恰在“何为逼真”这一点上，我们的标准再次与中世纪人大相径庭。譬如，打开出自弗兰德斯地区匿名画家“梅茨的吉尔贝大师”之手的《时辰书》（约1450年），只见微垂眼帘的维罗妮卡（此时已被封圣）双手各捏面纱一角，大到骇人的耶稣的头仿佛正从面纱正中向读者漂浮过来，索要全部的注意力。耶稣的五官和神情几乎与维罗妮卡一模一样，却因为被放大了好几倍而显得滑稽；夸张的中分胡使得圣像看

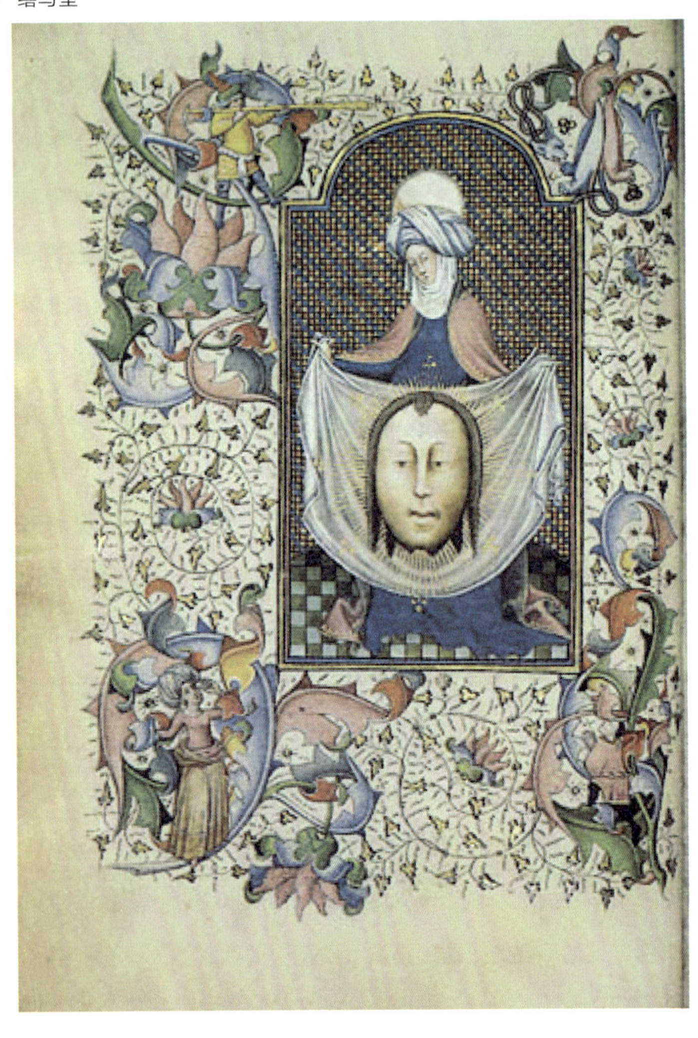

《圣维罗妮卡展示“索达里乌”》，梅茨的吉尔贝大师，今藏盖蒂博物馆

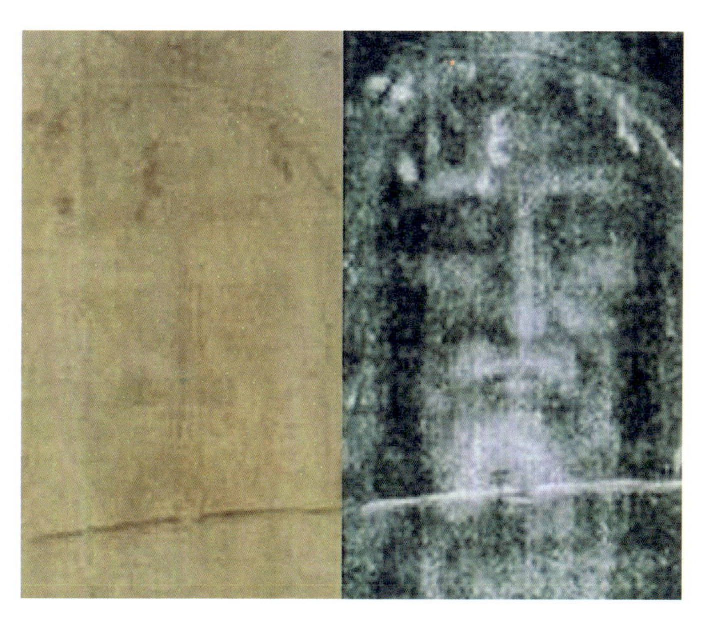

都灵裹尸布，右侧为负冲图

“手端乳房的圣阿加莎”，皮埃罗・德拉・弗兰切斯卡，约 1465 年

起来像一只倒置的烧卖；很难想象这样的肖像能在现代读者心中激起虔敬之情。类似地，英格兰编年史家兼画家马修·帕里斯（Matthew Paris）的《维罗妮卡面纱》（约 1240 年）声称是对基督真容一五一十的临摹（就好像他曾亲见圣物），其效果却和现代人眼中的“写实像”没什么关系。有趣的是，这位帕里斯通常被认为是一位承前启后、中世纪现实主义趣味的开创者——同样出自他笔下的一只由法王赠给英王亨利三世的大象，即使以今天的标准来看也堪称栩栩如生，可以放进任何一本动物图鉴供儿童临摹。

另一类重要的宗教肖像是圣徒像。由于五官雷同，连脑后的光环都一模一样，圣徒的身份往往是以殉教时迫害他们的刑具来确认的。被斩首的圣保罗总是手握长剑；被慢火烤死的圣劳伦斯总是与烧红的铁架一起出现。圣阿加莎身边常被画上铁钳——被拒绝的异教求婚者们用铁钳拧下了她的双乳，今天还可以在南法瓦尔省蒙镇的护城墙上看见一对外突的“阿加莎之乳”；另一种典型的阿加莎肖像将她表现为肃穆、平胸、手托一只银盘、盘中装着两只拧下的乳房，这就是法国小清新甜点玛卡龙（俗称“少女的酥胸”）的来历。圣布莱斯的刑具可识别度最高：一把羊毛刷——这种起先用来分解和捋平织物纤维

《亨利三世的大象》，马修·帕里斯，今藏大英图书馆

的器具并不像听起来那么无害，铁刷可将受害人的皮肤撕裂乃至剥去；早在公元前六世纪，吕底亚国王克洛伊索斯就曾用此物将异母弟弟庞塔莱昂的一名支持者缓慢折磨至死（希罗多德《历史》）——圣布莱斯也因此成了羊毛业的守护圣徒。圣凯瑟琳总是手执嵌满尖刀的“夺命轮”：四世纪初罗马皇帝马克森提乌斯欲将拒绝崇拜偶像的凯瑟琳投入夺命轮，此时三位天使从天而降，用宝剑（在另一些圣像传统中则是锤子）劈碎了木轮，最后凯瑟琳与被她劝皈基督教的马皇帝的皇后一同被斩首。

中世纪人相信圣徒们进入天堂后仍会带着殉道时受刑的标记，比如在克里威利的《殉道者彼得》中，尽管后脑插着一把大刀，前胸插着一把匕首，这位十三世纪多明我会修士的表情却无比淡定。除刑具外，一些最普遍的用以辨别人物身份的圣像学元素包括彼得的钥匙，施洗约翰的羔羊（羔羊同时是圣阿格涅丝的象征：拉丁文“agnus”意为“小羊”），福音书作者约翰的老鹰等。看看下面这幅《万圣图》（约1415年），你能辨认出几名圣徒？

现在我们来看看俗世题材的肖像画，其中尤其重要的一类是“作者肖像”。翻开今天随便哪本畅销书的扉页，上面的

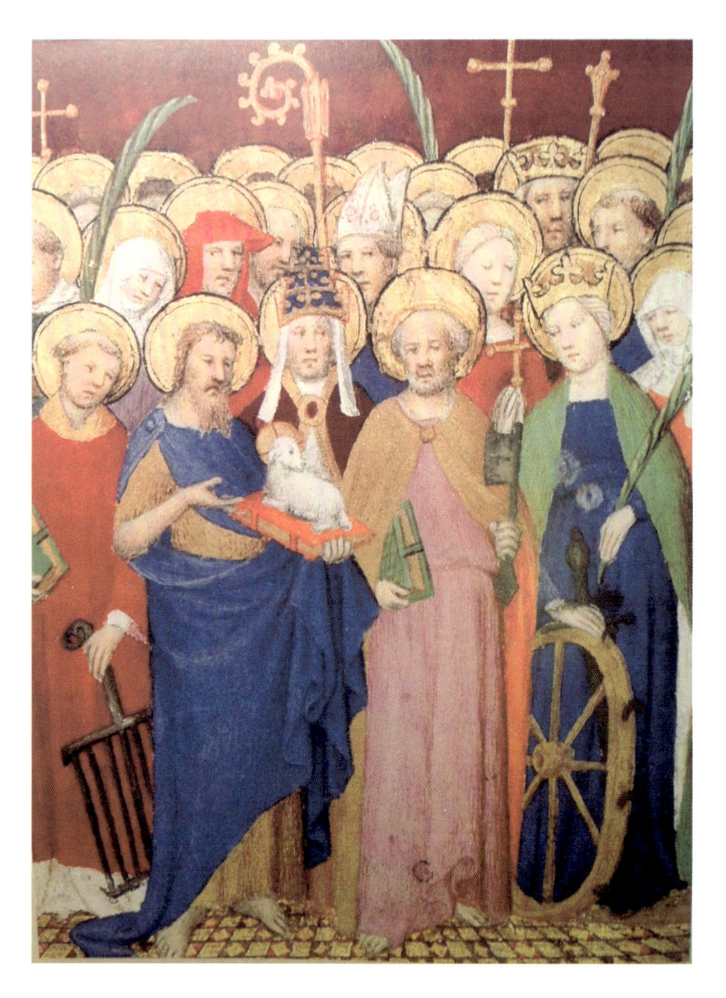

《万圣图》，布奇考特大师

《殉道者彼得》，塔代欧·克里威利，约 1469 年

作者像不是从森系长裙的碎花间朝你抛出一个亲和力爆棚的笑靥，就是在黑白相框里阴惨惨地夹着一支烟好像全世界读者都欠他钱。中世纪作者们对于此类彰显个性毫无兴趣，他们根本不指望肖像能让读者记住自己的脸，他们首先关心的是：如何给读者留下“这位作者虔诚、勤奋又靠谱，读读这本书应该对人生有好处”这种印象。比如在坎特伯雷的伊德默所著的《圣安塞姆传》手稿中，传记对象圣安塞姆的肖像一幅也没有，传记作者伊德默的肖像却出现了两次：画上的伊德默左手持裁纸刀，右手持鹅毛笔，前额的皮肤因苦苦思索而拧成了 U 字型（有没有想到日漫中眼眶下的黑线以及由四条弯弧组成的崩溃表情符？）。伊德默下半身朝前，上半身向右侧书桌九十度扭曲的姿势或许会让我们觉得惊悚（或者梦回埃及），但在插图作者那里，这一切都是为了表现作者的沉稳可靠和兢兢业业。

由于俗世文学的叙事者或主人公常常是作者本人，有时，作者肖像也会选取作品中关键情节作为背景，既宣传了作者也宣传了作品。比如在中世纪头号畅销书之一《哲学的慰藉》中，作者波伊提乌总是被表现为“在狱中托腮哀悼自己的不

《圣安塞姆传》中的伊德默画像，约 1140 年

幸”，寓言人物“哲学女士”手捧书本立于一侧（婀娜多姿且身材适中，并非原文中那个忽大忽小的女怪），另一侧立着的“命运女士”则转动她著名的木轮，各色人等从轮子上纷纷滚落（稳坐顶端的一般是头戴金冠的国王，表情无辜而安详，不知道自己下一刻就要粉身碎骨），象征命运的嬗变无常。又比如，骑士罗曼司开山作《玫瑰传奇》中，作者洛利的纪尧姆常被画成睡在一张有华盖与帷幔的大床上，从中诞生了或许是史上第一类躺着工作的作者肖像。《玫瑰传奇》是一首梦幻寓言长诗，也就是说，作者声称书中情节全部出于自己的南柯一梦。有趣的是，在巴黎地区“路德维希手稿”《玫瑰传奇》的插图中，酣睡的纪尧姆左侧还有一张一模一样的大床，上面躺着西塞罗《西庇乌之梦》（*Somnium Scipionis*）中的主人公小西庇乌——小西庇乌征服迦太基前曾在梦中被祖父西庇乌·阿非加努斯带往“星辰璀璨的高处”，后者预言了小西庇乌日后的胜利，并提醒他尘世的一切不过是转瞬即逝的欢愉——这帧“双睡图”的用意大致是：“不要以为梦幻诗都是胡说八道，看看西塞罗笔下的小西庇乌和老西庇乌！”类似地，薄伽丘《论名仕名媛的命运》中有一幅作者肖像，讲的是有一次薄伽丘实在写不动了，正要洗洗睡，此时他的友人彼特拉克来到床边，敦促他继续工作。画面上，薄伽丘赤裸着上身坐在被窝里，正要褪去最后的衣衫，头戴月桂花环的彼特拉克则满脸痛心地坐在床边看着他，左手捂着心口，好像在说："再不治好你的拖延症，就别指望成为我这样的桂冠诗人啦！"

另一种与书籍相关的肖像主题是"呈献"。古登堡成立第一家印刷所之前，手抄本文化决定了在整个中世纪欧洲，书籍都是一种费时耗财、每册独一无二的奢侈品——比如，乔叟就因为有六十册藏书而被惊羡地称为"那个拥有一整座图书馆的博学之士"。因此，书籍的拥有者（往往也是委托制作人）或捐献者希望后世每个读者都记住他的慷慨贡献，也就成为一种容易理解的诉求。在这类"呈献肖像"中，献书人往往采取跪姿（身边常有家族盾章、私人座右铭或姓名文织，确保读者不会弄错书的主人是谁），受赠人则立于画面正中：通常是一位被显赫人物包围的国王、书主的庇护人、某位圣徒乃至基督本身。为了平衡画面的重心，装帧华丽的书本总是捧在献书人手中（否则人们可能根本注意不到他），肖像周围往往有请求读者为书主的灵魂祈祷的文字。当然，也有些并不那么谦卑谨慎的书主，堂而皇之地命令将自己或家人的肖像安在书页上最醒目的位置。比如，在一帧"圣保罗皈教"主题的首字母 S 装饰

“躺着做梦的作者”，《玫瑰传奇》插图

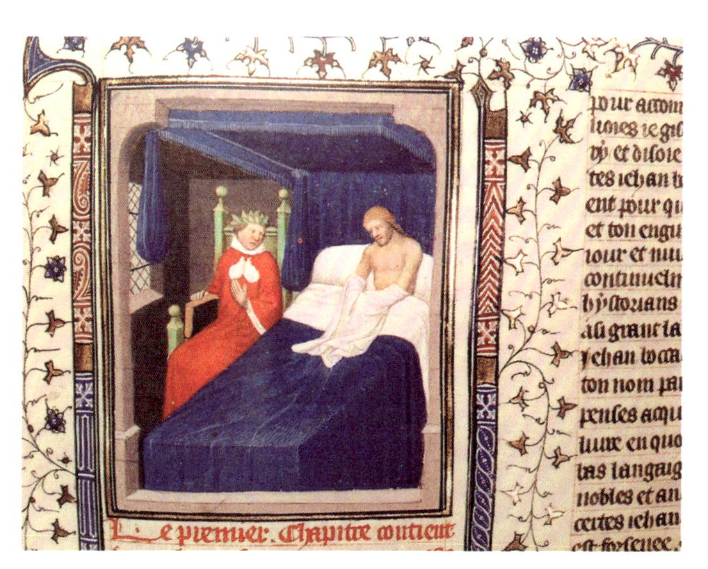

“彼特拉克劝勉薄伽丘”，《论名仕名媛的命运》插图，
布奇考特大师及其画室，约 1415 年

图中，十五世纪意大利肖像大师毕沙尼洛让他头戴猩红高帽、脚跨华丽马鞍的赞助人占满了"S"的上半个圆弧，其彪壮的白马甚至挤掉了属于圣保罗的五分之一空间；在下半弧中，本该成为主角的圣保罗正穿着灰不落拓的盔甲，从一匹寒酸得多的褐色小马上摔落。这帧首字母装饰的确在表现《使徒行传》中的情节：保罗在去往大马士革迫害基督徒的路上，因一道天启之光而从马背摔落，从此便皈依了基督。然而经过毕沙尼洛的对比处理，现世人物成为画面上当仁不让的主角，活跃于一千多年前的圣保罗却名副其实地“被扫入了历史的尘埃”。

或许正是这种对肖像的可识别度愈发确凿无疑的要求——不是通过圣像学程式或其他外在的装饰，而是人物原原本本的外貌特征——部分地促成了中世纪盛晚期至文艺复兴时期欧洲肖像传统向自然主义的过渡。我们早已在马修·帕里斯的大象身上看到这种趋势。而对现代意义上“肖真性”的需求，早在十二世纪就有了文字记载，比可被今天的艺术史家归入写实主义的肖像作品早出现了约四个世纪。不应当用进化论的预设来看待这种演变。正如文艺复兴以降，日臻成熟的近现代透视法（遵循近大远小原则、使用前缩法的直线透视，而非拜占庭圣像中已广泛使用的逆转透视或古埃及绘画中通用的垂直透视）

《圣保罗皈教》，毕沙尼洛，约 1440 年

也不过是对诸多可能的审美习惯中某一种的极致发挥，本身并不因其年代晚近而具备优越性。中世纪人依照人物的宗教或社会重要性来安排他们在画面上各自占据的空间，这并不比我们依照人物与我们之间的距离来为他们安排大小更不自然。现代肖像从写实细节出发，最终要为人物建构某种个性和身份；中世纪肖像却是从已知确凿的人物身份出发，最终把我们的目光引向种种充满叙事可能性的暗部和细节。

通灵人之梦

——安吉拉·卡特《焚舟纪：黑色维纳斯》

假设你不是家中第七个儿子的第七个儿子，不是第七个女儿的第七个女儿，也没有一头提香式的耀眼红发，那么，你是否注定与灵视无缘？别泄气。古老的魔法书和精灵图鉴早已应许：平凡如你我，一样可以进入麻瓜们看不见的世界——只需取一片雨后新抽的樟叶挡住左眼，或是通过一块被滴水洞穿的瓦片向外张望（事实上，任何天然近似环形的事物都可以，比如邻居阿姨永远撑在臀上的手臂），或者于薄暮时分一只脚踩入浮满睡莲的池塘，另一只留在岸上……

这就是安吉拉·卡特（Angela Carter）在短篇小说集《焚

舟纪》（*Burning Your Boats*）中所采取的视角，一种总是微微侧向一边、亮区与暗区并非泾渭分明的视角，一如她本人的肖像照。这种视角贯穿她毕生从事的“童话重述系统工程”，将声音重新交还给经典叙事中被迫噤声的小人物，如酒精灯火苗般摇曳不定，令隐匿在古纸草纹理背后的密写文字重新显影。

童话（自然还有民间故事）究竟是什么——对世界遭灭顶之灾的回忆？人类集体无意识的精致图谱？还是一袭笼罩着我们童稚岁月的糖纱，需要在成长途中尽快被摆脱、扯裂、焚化？我们太善于归纳总结，乐得与过去一刀两断。看看西方童话研究的里程碑，大名鼎鼎的“阿尔恩—汤普森数字系统”（Aarne-Thompson number system）——安提伊·阿尔恩（Antii Aarne）与史蒂斯·汤普森（Stith Thompson）以惊人的耐心和勤奋，将西欧童话中的典型情节逐一贴上标签，编入两千五百多个代码之下——比如AT300是“屠龙者”，AT312是“蓝胡子”，AT313是“助人的少女”，AT545B是“助人的猫”，AT1119则是“杀死亲生孩子的妖怪”。依此类推，我们记忆里五光十色的故事海顷刻就变作一张清晰无误的解剖图，一座堆满断臂残腿的玩具零件库。阿尔恩与汤普森原本有野心继承原型批评老祖弗莱的衣钵，建立一门“文学批评之科学”，最后却害我们落得如此贫穷。

正是女巫卡特在《焚舟纪之三·黑色维纳斯》(*Black Venus*)里为我们拯救了作为睡前故事的《彼得与狼》、作为陈年老段子的厨房韵事、作为东方风情画一角的帖木儿大帝的罗曼司，往它们各自沉睡的鸽笼里吹一撮重生之灰——它们原本太容易被简化为几个 AT 编码的组合。一个除了身体外永不生长的主人公踏上与命运较劲的漫长征程（障碍总是三个一组出现）——卡特摒弃了这类机械的人设，代之以血肉匀停、时刻发展的人物，写出了魔幻现实主义版的成长小说(Bildungsroman)。且看《彼得与狼》中，牧羊少年如何离开了世代居住、狼群出没的山脉，带着罗德离开索多玛的决绝走向城镇神学院——确是在这类过程的展现中，卡特逐渐接近了加西亚·马尔克斯，不再是女权主义、泛性论、后殖民主义这几枚硕大无朋的生铁指环的箍中物。

标题篇《黑色维纳斯》是对波德莱尔《恶之花》中“黑色维纳斯组诗”的一次浓墨重彩的戏谑变奏，亦是对始自莎士比亚十四行诗的“黑夫人”(Dark Lady)情结的绝妙反讽——为此种情结所苦、用诗行赋予各自发肤黝黑的情妇以不朽的，无一例外是“已故欧洲白人男作家”。在波德莱尔笔下，欧非混血儿、克利奥尔姑娘让娜·杜瓦作为双重的“他者”（她的性别与她的肤色）被无限地物化、肉欲化，单从组诗的题目就可窥其一般:《珠玉》《长发》《跳舞的蛇》《异国之香》《猫》《可是尚未满足》。评论家们早从这组字面上的爱情诗中读出了浓郁的厌女心理（misogyny），从而奉他为所谓“厌女文学”之鼻祖。无论波德莱尔会否叫屈——厌女！就因为他从未像但丁歌颂贝雅特丽齐或彼特拉克歌颂劳拉那样，把一个远远窥见一眼就爱得死去活来的少女 / 少妇从头夸到脚，并为她们纯洁的灵魂唱赞歌！——反正卡特在此看到了大片邀人共舞的写作空间，而她自己的《黑色维纳斯》也是这样一种邀人写作之文。

你的眼睛一点不表示 / 温存和爱情，/ 那是一对冰冷的首饰，/ 混合铁和金。/ 看到你有节奏地行走，/ 放纵的女郎，/ 就像受棒头指挥的蛇 / 在跳舞一样”（波德莱尔，《跳舞的蛇》，钱春琦译）——对这首献给自己的名诗，卡特笔下让娜·杜瓦的反应冷淡得要命:

他说她跳起舞像条蛇，她说蛇不会跳舞，蛇又没腿，于是他说，但语气是和蔼的，你真蠢哪，让娜；但她知道他连看都没看过蛇，根本没见过蛇的动作——那一整套横向的迅速击打，挥动自己一如挥鞭，留下身后沙地上一道道波纹般的蛇痕，快得吓人——如果他见过蛇移动的样子，就一定不会这么说。

波德莱尔虚构蛇的形象一如他虚构让娜的形象，虚构她“故国”的异域风情：“宝贝，宝贝，让我把你带回你归属的地方，回到你那可爱慵懒的岛屿，有披金戴玉的鹦鹉在珐琅树上晃荡，你可以用你结实的白牙咬甘蔗，就像你小时候那样……在轻快歌唱的棕榈树间，在紫色花朵下，我会爱你至死……扎紧的辫子上系着黄绸蝴蝶结的小女孩会拿一把大羽毛扇为我们搧凉，搅动迟滞的空气，我们则躺在吊床上摇晃，左摇右晃……”——被程式化的殖民想象强加的故乡，不合时宜到令人尴尬的洛丽塔之岛。事实上，让娜和波德莱尔一样没有故乡，而波德莱尔也毫不关心她的故乡何在（“如果她是葡萄酒，她的产地会更受重视一些”），除了在他的想象中，除了当她的异国情调服务于他的诗行时。谁能不对卡特版的让娜忍俊不禁、暗中称快？“不！”她说，“才不要去那个鬼鹦鹉森林！别带我沿着奴隶船的路线回西印度群岛！还有把这只鬼猫放出去，免得它在你珍贵的波卡拉地毯上拉屎！”

她在他那里的意义仅在于成为缪斯——还是“之一”，波德莱尔另有一位白缪斯（萨巴蒂埃夫人），一位绿眼缪斯（玛丽·迪布朗）——可以一会儿变成猫，一会儿变成蛇，一会儿变成葫芦：好一个女版朱庇特！《黑色维纳斯》中的让娜对诗人的才华毫不领情：“不是让娜不懂她情人那精雕细琢、宁谧中隐含不安的诗，而是那诗是对她永远的冒犯。他一天到晚对她诵诗，使她疼痛、愤怒、擦伤，因为他的流畅使她没有语言，使她变哑，一种更深层的哑。”卡特不止一次暗示，若不是波德莱尔那胁迫性的、阴霾的存在，让娜本可以成为自己的艺术家，对男性写作给予还击；维纳斯躺在床上等待风起，染了煤灰的信天翁渴望暴风雨。《信天翁》——《恶之花》里的名篇，诗人爱以这种鸟自比（“云霄里的王者，诗人也跟你相同”），八天可绕地球一圈的信天翁是波德莱尔的名片——而卡特的让娜不是企鹅，骨子里也是这样一只御风之鸟，可是，唉呀，“这屋里容不下两只信天翁”。所以让娜只能披一身叮叮当当的玻璃珠串，在不必为“爹地”充当舞者莎乐美的时候，百无聊赖地观看头上的假宝石在墙上织出绚烂的光网，观看月亮用闪亮的爪子捕捞星星，把猎物一寸一寸地吊到窗格上方。

现实中的让娜死于波德莱尔之前，卡特的让娜却在诗人死后“卖掉一两份没被她用来点雪茄的手稿；还有些书”，摇身变作“杜瓦太太”，在“故乡”加勒比海过上了体面的生活，并且直到临死前，“都仍继续向殖民官员中的高层人士，以并不过分的价钱，散播货真价实的、如假包换的、纯正的波德莱尔梅毒”——并非卡特讥人太甚，现实中，梅毒正是让娜从白人波德莱尔那儿得到的第一份礼物，这病菌多年来滞重、持续、不紧不慢地侵蚀着她的身体，一如他在其他方面侵蚀她的精神。

本册中另一名篇《艾德加·爱伦·坡的私室》取景于无人张望之处：坡的童年，养父爱伦的姓尚未插入“艾德加”与“坡”之间以前，奏出一曲荡气回肠、充满必朽性和戏剧幻觉的哥特金属。历史上，坡的生母戴维·坡和贝蒂·坡是巡回小剧团里名不见经传的演员，坡诞生于戏剧之家，血管里淌着油彩，过早目睹了太多死人复活的场景，从小对一夜死两次的奥菲莉娅习以为常。死亡披上热烈华美的视觉外衣，令三岁的小艾德加心醉神迷，同时又像一道不可违抗的指令，在大人们心照不宣的沉默中变得越发扑朔迷离，打出生起就持续蛊惑、困扰、诱惑着他，终于变成他最为不朽的主题。“永不永不永不”，这咒语回荡在坡之名诗《乌鸦》（*The Raven*）的每一节中，回荡在贝蒂·坡死后将里士满戏院付之一炬的火舌中，火星高高蹿入夜空，形成悲伤的星座。卡特巧妙而含蓄地将坡的作品融入她为坡构造的生平：戴维·坡是这样抛弃妻儿的——“他一个字也没对儿子说，只是继续蒸发，最后完全溶解不见，房里唯一留下的他曾存在的证据，是磨损起毛地板上的一滩呕吐物”——我们立即想起坡《怪异故事集》中的名篇《瓦尔德马先生病例之真相》：垂死的瓦尔德马先生被催眠，在熟睡中滞留了七个月，却在被唤醒的刹那化成了一滩腐液。溶解也是卡特为坡本人设定的结局：“镜中升起一颗黑星……他摇晃起来，可怕呀！他开始溶解了！”坡的娃娃新娘弗吉妮亚被描绘成“前额如墓碑……一具没有太多要求、节省开支、又具装饰性的尸体……境遇潦倒绅士的最佳妻子”，以白皙纤细的手指拨动竖琴弦，人们简直可以“将她指尖如蜡烛般点燃，使之变成辉焰的‘荣耀之手’”。并且，《怪异故事集》中坡赋予《贝蕾妮丝》中同名女主角的结局被卡特移植到了弗吉妮亚身上——正是坡本人操一把大钳子，趁弗吉妮亚熟睡之际（那睡眠永远距离死亡不远），一颗一颗拔去了她满口雪亮的小尖牙齿！卡特以一宗虚构的弑妻案为《艾德加·爱伦·坡的私室》弹起了最终最激越的华彩乐章，“早餐前就喝酒的人都不安全”，如此一个被黑暗诱引的坡，除了速死之外，几乎没有别的办法获救。卡特文字的明暗肌理堪比光影大师拉图尔的油画，而“少女映在镜中的骷髅”这一卡特频频使用的意象——中世纪绘画中“虚空中的虚空”（vanitas vanitatis）或“死亡预警”（memento mori）主题的分支——亦是拉图尔最钟爱的主题。

《〈仲夏夜之梦〉序曲及意外配乐》则是对莎士比亚一场别开生面的致意。卡特热爱莎士比亚，曾在BBC的一次访谈中说自己常常“手拿一袋苹果坐着，阅读莎士比亚”。莎剧不仅为她最后的长篇《明智的孩子》奠定了底色，也为她妙趣横生的小品提供了灵感。莎氏《仲夏夜之梦》开篇伊始，仙王奥伯朗因为仙后泰坦妮亚不肯交出一个印度换生灵（changeling）而发飙，引出了仙子和人类间一连串闹剧。到了卡特笔下，莎翁的两对主角拉山德与赫米娅、德米特里与海伦娜消失不见，而原先只起道具作用、没有一句台词的换生灵却摇身变作主角——雌雄同体的“金色阿同”：“我在富丽精致、满是孔雀珠宝色彩的国度长大，根本无法适应英格兰这种又湿又灰的仲夏。这简直是仲夏夜噩梦。”如果你喜欢《新夏娃的激情》，你会对仙王、仙后、小精灵巴克和金色阿同间错综纠结的情欲游击战报以会心微笑（异性恋、同性恋、双性恋、泛性恋……怎样组合都不为过）；不过，令我着迷的还是卡特笔下亮晶晶的妖异的精灵世界，一种伪装成无害的田园情调。且看她如何区分森林与树林：

英国树林，不管再怎么神奇、再怎么充满变形，都不可能毫无路径，尽管可能像座难以走出的迷宫。但迷宫总是有一条出路……当你迷失在树林里，这比喻总能带来一些安慰。但迷失在森林里就等于跟这个世界从此脱节，被日光抛弃……森林就像人心一样无边无际……在树林里你故意走岔路，好享受四处漫游的乐趣，暂时失去方向的感觉就像度假，假期结束后你会神清气爽地回到家，口袋装满坚果，手中握满野花，腿上沾着某只鸟落下的羽毛。那森林是闹鬼的；这树林是充满魔法的。

类似的字字珠玑俯拾即是，叫人难以割舍，更别提那完美匹配莎翁喜剧格调的轻盈的诙谐（“要是我写出巴克在河边芦苇中干的勾当，连这张纸都会脸红，粉红得像张收据”）。即使这些仙子们只是光之尘埃，大地上虚幻的泡沫，即使这片树林与其说是一支天真而怀旧的田园牧歌，不如说是一曲邪魅的、危机四伏的 darkwave，又有谁能抗拒面色黝黑、头戴脊骨王冠、阳具套上挂满银铃的仙王奥伯朗？他所踏开的乃是梦中的蜉蝣。奥伯朗的侍从巴克在篇末因为渴慕“阿同”而变成了和他 / 她一样的雌雄同体，就在此刻，卡特的幕布落下，莎翁的幕布升起。

《秋河利斧杀人案》取材于一八九二年发生于美国麻省秋河（Fall River）的一宗真实谋杀案，“莉兹·波登弑父弑（继）母案”在司法审讯史上的地位和公众影响堪比布鲁诺·哈普特案、罗森博格案和 O.J. 辛普森案。现实中的莉兹·波登因证据不足被无罪开释，卡特在文中几乎清晰无误地为莉兹定了罪。奇怪的是，我们感觉不到憎恶，却被卡特不动声色的叙述（波登家房间的布局、莉兹的梦游症、罗素小姐尽可能耐心的倾听、空马厩阁楼上咕噜咕噜的鸽子）带入一种深河般的忧伤，仿佛身陷泥涂的莉兹不过是做了她不得不做的事。并非卡特意欲为莉兹争取同情，而是她惯于从暗面切入事物，在目光罕至的阴影之地寻寻觅觅；她笔下的莉兹没有庸俗的犯罪动机，简直可以被乔治·奥威尔当作正面教材收入《英国式谋杀的衰落》。罪与罚经过“理解”的荡涤，双双获得了相对的清洁；

就连故事毫无悬念的结局也是洁净的，“屋外，上方，在已经灼热的空气中，你看！死亡天使在屋顶上做了窝 ”。

安吉拉·卡特正是凭着这种蜻蜓复眼般的视角，完成了一场又一场经典文本中边缘人物的招魂会，引领亡者吐露秘密，隐者重见天日。日后，一整个女作家军团将继承她的法术，其中包括玛格丽特·阿特伍德（Margaret Atwood）。[①]《黑色维纳斯》是一串光怪陆离的通灵者之梦，虽然得到的只是线索，虽然精灵们永远欲说还休，但若我们无法从中窥见一星真实，就是我们忘记了自己的梦。

---

① 参见玛格丽特．阿特伍德散文诗集《好骨头》（包慧怡译，上海译文出版社，2009）中《格特鲁德的反驳》等篇。

安吉拉·卡特的非典型短叙事

——《烟火》与《染血之室》

写长篇出身的爱尔兰作家科尔姆·托宾曾概括过他的短篇写作理念：与长篇相比更私密、更关乎个体经验的题材，避免赤裸裸的戏剧性，以留白的方式刻绘人物，情感处理上的矜持与节制。这几乎是半个多世纪以来欧美，尤其是英美短篇小说写作的主流，从耶茨到卡佛，从托宾本人到同为爱尔兰作家的克莱尔·吉根，近年来在国内备受赞誉的一系列西方小说家，都隶属于这个泛极简主义的传统：冷静朴素的现实笔法，节制到吝啬的词汇，清淡却并不轻倩的结局——与华美热烈的拉美传统或知性繁博的法国传统断乎不是一个路数。这类作品经得起技术方面的检验，有时真可做到不多一句不少一词，但是读多了容易让人生起一股饥饿感：难道短篇小说能做的仅仅如此？

安吉拉·卡特是英国人，而她写作短篇的方式处处与托宾那一分支的英美传统经验相违。四册《焚舟纪》如一出充满华服霓裳和夸张脸谱的宫廷剧，或是一场不断有鬼魅迤逦而出的旧世界马戏，璀璨夺目又酝酿暴力，一如第一册《烟火》的名字，大热大冷都做了个足。让戏剧性来得再汹涌些吧！留白？恨不得从发梢到饰物来个巨细靡遗的白描才快意；个体经验？偏要拿童话与民间传说——全人类共享的回忆、集体无意识的结晶体来开刀；约束情感？……人家可不做傻事。不，这个女人的短篇一点也不极简，而是洛可可。虽然她和托宾同样将长篇小说比作交响曲，卡特称自己的短篇为“室内乐”时，托宾却口拙般地将短篇小说比作“一支歌”。

莎士比亚、格林兄弟、哥特罗曼司、爱伦·坡、童话、哑剧、好莱坞，卡特从不避讳她的师承，却将这些“影响的焦虑”如珠宝般亮闪闪挂了一身，凤冠霞帔招摇过市——她有这般底气，因为知道自己作为一个解构者，一个讲故事的人，在才智、奇想和语言上的独特。“坠落，就像鸟从半空落下，当精灵王将风绑进手帕里，系紧四角让风无法逃逸。于是没有流动的气流能支撑鸟儿，受制于重力的他们尽皆坠落，就像我为他坠落，并且知道自己之所以没有坠落得更深，只是因为他对我手下留情。”(《精灵王》) 对一个通篇使用此类语言的小说作者，你能说什么？你也许要担心，她的诗才会败坏了她的叙事能力，她魅惑的嗓音会将读者诱入语词的密林深处，忘却了来时的初衷——那么不妨拣起《焚舟纪》中的任意一册，来看看故事本身。

《焚舟纪之一·烟火》写于一九七零年至一九七三年间，其时卡特旅居日本。此前，她已出版了诗集《五个安静的呐喊者》和《独角兽》，以及包括《魔幻玩具铺》在内的数本小说，刚开始尝试创作短篇——用她自己的话说，是因为住的地方太小，不足以写大部头，“房间的大小影响了我在房中所做之事的规模”。调侃归调侃，她一定很快发现了这种轻短快的形式为她所拥有的特殊才华所提供的施展空间，一如她正缓慢而略带惊疑地发现日本之美，并将它尖新、矛盾、幽明不定的特质记录在《一份日本的纪念》、《冬季微笑》和《肉体与镜》这三个短篇中：“这城市吸引我，起初是因为我猜想它含有大量作戏的资源。我总是在内心的戏服箱里翻找，想找出最适合这城市的打扮”(《肉体与镜》);“这个国家已经将伪善发扬光大到最高层级，比方你看不出武士其实是杀人凶手，艺妓其实是妓女。这些对象是如此高妙，几乎与人间无涉，只住在一个充满象征的世界，参与各种仪式，将人生本身变成一连串堂皇姿态，荒谬却也动人……为了和谐生活，他们狠狠压住自己所有的活力，于是有一种飘渺的美，就像夹在厚重大书里的干燥花”(《一份日本的纪念》)。

日本传说中的妖怪历来是没有脚的，西方的妖却生着常常暴露其身份的触目的脚，周身通体透亮，谷崎润一郎引此为东方人倾向于“暗中求美”的依据，“我们的想象里有漆黑一团的黯淡；他们却连幽灵都看作亮如明镜”。卡特书写日本的文字确有谷崎《阴翳礼赞》之风，同样地，两人都被不同程度地冠以“唯美主义作家”之名。不过,《烟火》中的日本其实充满了暴烈的暗流、腥腐的俗世味和阴霾的幻灭感，不似《阴翳礼赞》那般以缺憾为至美。卡特的日本是罪迹斑斑、迂回曲折、废水沟里溢出过期欲望的迷宫长廊，正适合故事中的女主人公于妖夜盛装出逃，周而复始地跌倒、迷失、顿悟、上路。即使如此，我得说，这三篇日本故事不是典型的卡特式短篇小说，它们更像回忆录、散记、氛围音乐。

《烟火》中的其余故事则已经打上明确的“卡特制造”的烙印：对葛萝苔丝壳（grotesque）和阿喇倍思壳（arabesque）的沉迷；对皮草、珠宝、镜子、玫瑰等意象的浓重恋物癖；在生与熟、肉与素、乱伦与吃人、巫术与禁忌仪式方面近于人类学的视野；以及最重要的，因过分洛可可而造成的不自然的风格。或许应该称之为高级耽美？或者借用苏珊·桑塔格的词汇称之为“坎普”（camp）？反正卡特采用这种风格绝对出于自知自愿，她素来不待见自然主义，不待见一般意义上的现实主义，不肯满足读者“向来希冀相信字词为真的欲望”，认为那是低层次的模仿。那么在卡特那里，什么是高层次的模仿？从她写给罗伯特·库佛的一封信中或可窥见一斑：“我真的相信，一部虚构作品若能对于自己乃是与所谓现实截然不同的人类经验形式这一点有绝对的自知（就是说，它不是记录事件的日志），就真的能帮助改变现实。”

这种论调太容易让人想起奥斯卡·王尔德的名篇《谎言的衰朽》，想起这位唯美主义活标本、语不惊人死不休的老牌丹蒂关于“生活模仿艺术远胜于艺术模仿生活”，关于奇绝的想象力（而非肖真的模仿力）才是艺术最高手段的种种珠玑反论。卡特从未将王尔德公开列入其师承，她却极可能是英国本土唯一将王尔德的衣钵完好保存至二十世纪下半叶，并且淋漓尽致地实践了其美学主张的作家。只不过，若说十九世纪末那场日趋颓废的唯美主义运动推出了一个多少有点底气不足的“为美而美”，到了卡特那里，“美”的含义则要更加丰富、宽深、泥沙俱下。很难想象戈蒂耶、王尔德或者于斯曼写出这样的句子：“刽子手坚持他早餐的煎蛋卷只能用恰好正要长成小鸡的蛋来做，并且八点准时上桌就座，津津有味享用一盘带着羽毛、略有尖爪的黄色煎蛋卷……这可怜女孩已独自偷偷去把哥哥尸首仅存的部分，那颗怵目惊心、长着胡须的潮湿草莓，取回家来埋在鸡圈旁，免得被狗吃了”（《刽子手的女儿》）。唯美主义诸军师并非不能以恶为美，化丑为美，只是，女将卡特策马驰骋莽原的姿势是那么自然，你难得能注意到那转换的动作。所谓不自然的文风，在她本人那里只是“一身儿爱好是天然”。

《刽子手的女儿》讲述乱伦和弑亲（父女、兄妹、父子），《穿透森林之心》讲述失乐园版的兄妹乱伦，杀人和强暴母题则在《紫女士之爱》《主人》《倒影》《自由杀手挽歌》中弹出不厌其烦的变奏，更不消提那些改头换面、一再出现的“致命女郎”（femme fatale）：女版皮诺曹“紫女士”、《主人》中的印第安女孩、《倒影》中的“我”（虽然“我”是个男人，在叙事中扮演的角色却比女人更女性，颇似卡特长篇《新夏娃的激情》中“我”在罗敷城的遭遇）——她们全部既是受害者又是加害者，她们的情爱全是施虐与受虐的拉锯战。所有这些反复出现的重口味母题，因其从不假装模仿现实，反而奇迹般地躲过了沦为俗艳宫廷剧的命运。

五年后问世的《焚舟纪之二·染血之室》是卡特的名作。坦白说，阅读本册的一种方法（尤其是其中《染血之室》《师先生的恋曲》《老虎新娘》《精灵王》诸篇），是把它当作女性向的色情小说来读。纯洁被动的女主角在绫罗绸缎与百合花丛中簌簌发抖地等待有力且有害的男性前来分派她的命运——卡特对这原始一幕（以及围绕这一幕展开的一切）的精雕细琢、分毫毕现的反复描摹（仿佛那是一种无药可医的情结）使得评论家诟病其“歌颂女性被物化的过程”，在“女权”之后又给她扣一顶“伪女权”的帽子。细心的读者不难发现，卡特也在本册中不断将男主人公类型化、功能化、消费他们，甚至连将女性物化这个动作，都服务于女性本身的性幻想。《萨德式女人：色情读物的意识形态》（1978）比《染血之室》早一年出版，卡特为之所撰《自序》的副标题是：为女性效命的色情读物。“他的结婚礼物紧扣在我颈间，一条两吋宽的红宝石项链，像一道价值连城的割喉伤口……他剥去我的衣服，身为美食家的他彷佛正在剥去朝鲜蓟的叶子——但别想象什么精致佳肴，这朝鲜蓟对这食客来说并没有什么稀罕，他也还没急着想吃，而是以百无聊赖的胃口对寻常菜色下手。最后只剩下我鲜红搏动的核心，我看见镜中活脱是一幅罗普斯的蚀刻画……十二个丈夫刺入十二个新娘，哀啼海鸥在窗外邈邈高空中荡着无形的秋千。”标题篇《染血之室》中的这段文字可作为女性向色情读物——自然只是其中一类——的范例：男性向色情读物渲染进攻与摧毁，女性向色情读物刻画沦陷与受伤。

卡特翻译过《查尔斯·佩罗童话集》和《睡美人及其他钟爱的童话》，《染血之室》是她毕生“童话重述系统工程”的巅峰之作。标题篇中的世纪末法国版蓝胡子发如深色狮鬃，浑身散发皮革与香料气味，听瓦格纳，抽粗壮如婴儿手臂的罗密欧与朱丽叶雪茄，动辄引用波德莱尔和萨德的艳情诗句，墙上挂着莫罗、恩索尔、华托和普桑，图书馆里藏着绘图 BDSM 珍本，私室里藏着对我们而言不是秘密的秘密。而新娘照例要为好奇心付出代价——正当我们要把它当作一场华丽的互文游戏，一次对萨德及其位于湖心城堡中的私刑室的遥远致意，剧情突然急转直下：新娘的母亲如亚马棕女战士般策马赶来，“一手抓着缰绳拉住那匹人立起来的马，另一手握着我父亲的左轮，身后是野蛮而冷漠的大海浪涛，就像愤怒的正义女神的目击证人”，火药取代了私刑，祭品走下祭坛，祭司自己被送了上去，琶音处女、盲人调音师和女武神母亲则从此“过着平静的生活”。

《师先生的恋曲》和《老虎新娘》互为镜像，将“美女与野兽”的童话母题朝相反的维度展开，谱成两支性感而反讽的猫科动物恋歌。《师先生的恋曲》篇末，野兽被美女的吻变成了人：“当她的嘴唇碰触到那些肉钩般的利爪，爪子缩回肉囊，她这才看出他向来紧紧攥着拳，直到现在手指才终于能痛苦地、怯生生地逐渐伸直。她的泪像雪片落在他脸上，在雪融般的转变中，毛皮下透出了骨骼轮廓，黄褐宽大前额上也出现皮肉”——本篇标题原为“The Courtship of Mr. Lyon”，中译者将“狮”去掉反犬旁译作“师”，可谓用心良苦；相反地，《老虎新娘》结尾，美女却因野兽之吻变成了动物：“他每舔一下便扯去一片皮肤，舔了又舔，人世生活的所有皮肤随之而去，剩下一层新生柔润的光亮兽毛。耳环变回水珠，流下我肩膀，我抖抖这身美丽毛皮，将水滴甩落”——卡特所钟爱的“变形”主题在此幻化为羽毛般轻盈的诗句，似要缓和故事内部诱惑与屈服、矜持与放浪、人性与兽性之争的恐怖肌理。而《穿靴猫》，本册中第三支猫科动物恋歌，却完全不是《师》和《老》那样的哥特宣叙调，而是一支吹过文艺复兴时期意大利南部的诙谐曲，其中的爱欲——无论人的还是猫的——都健康、务实、开门见山，有点儿粗鲁却令人开怀，离开闹剧桥段的阳光雨露就无法蓬勃生长。那只名唤费加洛的公猫摆脱了原始童话中的道具式角色，成了实际上的主人公：“洛可可式建筑是小事一桩，但那简洁有品味的早期帕拉迪欧式可就难了，多少比我更高明的猫都曾望之却步。碰上帕拉迪欧式，敏捷矫健是没有用的，只能靠大胆。尽管一楼有一座高高的雕像女柱，腰间围布蓬圆如球茎，又有一副大胸脯，有助我一开始的攀爬，但她头上顶的多利安式柱就完全不同了”，卡特的喜剧天分在此一览无遗。

不足千字的《雪孩》大刀阔斧地改写了格林兄弟的“白雪公主”。雪孩诞生于伯爵的欲望，惟其死后，伯爵的欲望方能得到满足，篇末咬人的花朵像一道檄令，越是简单的设定越可作多重解读。《爱之宅的女主人》锁定川薮凡尼亚老宅中翻动塔罗牌的女吸血鬼，是另一则“变形”主题的哥特罗曼司——

的确，还有什么能比被吸血鬼吸血（或反过来吮吸吸血鬼之血）更直截了当地探索“变形”的可能性，更好地诉说欲望的主体与客体间随时可能发生的倒错？本篇是对《夜访吸血鬼》作者安妮·赖斯的一次致意——卡特曾热衷于她的小说——同时也包含了对童话“杰克与豆茎”的阴森戏仿。《精灵王》是《染血之室》中我的最爱，一支伪装成田园牧谣的赛壬妖歌。

最后的“狼人三部曲”从不同角度解构“小红帽”的故事，卡特对狼人主题的迷恋一直延续到《焚舟纪之三·黑色维纳斯》中。《狼人》中的小红帽英勇挥刀砍下了狼爪，却在外婆床前惊骇地发现“那已经不是狼掌，而是一只齐腕砍断的手，因操劳而粗糙，长有老人斑，中指戴着婚戒，食指上有个疣。看到那疣，她便认出这是外婆的手”。比起女巫及其诡计的故事，我更愿意把《狼人》理解成一个关于老人与其孤独的故事：伶俜无依的垂死老人的怨念化作鬼魂，乔装出现在不肖的晚辈面前，最终仍逃不过被永久摆脱和弃绝的命运，这则凛冽的故事与川本喜八郎的傀儡动画《鬼》有异曲同工之妙。《与狼为伴》中的狼化身为潜在的情郎，吃了外婆，却吃不了不再任人宰割的小红帽，后者烧掉狼人的衣服，使他再也变不回人形。强势的小红帽驯服了大灰狼，尽管外婆的骨头在床下喀喀响，她仍睡得又香又甜，“睡在温柔的狼爪间”。《狼女爱丽斯》充满成长的阵痛却有个治愈系结局，狼人与狼女在温柔的舔舐动作中达成了和解，藉由彼此第一次获得了明晰的轮廓。

“短篇叙事有限的篇幅使其意义浓缩。信号与意思可以融成一体，这点在长篇叙事的众多模糊暧昧中是无法达成的。我发现，尽管表面的花样始终令我着迷，但我与其说是探索这些表面，不如说是从中做出抽象思考，因此，我写的，是故事。”卡特在《烟火·后记》中如是谈论自己的短篇写作。没错，在悦人的想象力和华美到伤眼的视觉效果背后，她所反复把玩、试探的其实是抽象观念。卡特甚至不愿将这种非典型叙事称作短篇小说：“故事跟短篇小说不同之处在于，故事并不假装模仿人生。故事不像短篇小说记录日常经验，而是以日常经验背后地底衍生的意象组成系统，借之诠释日常经验，因此故事不会让读者误以为自己了解日常经验。”《焚舟纪》中的许多故事都没有具体的年代、地点，这恰恰赋予了文本一种普遍性，仿佛人人都可对照这些故事，检验自己最混沌最深沉的梦境。正是在这一意义上，童话（假如它们没被当作抚慰弱者的废话打发了事)、民间故事和色情读物共享同一片土壤——最公众又最私密，最普遍又最个人，最容易消费也最易遭误读。正如卡特常被误解为不以原创力见长的作家，恰是因为她所拥有的是一种重瓣水仙般罕见的原创力。

一如卡特生前好友鲁西迪所言，《明智的孩子》是阅读卡特的最佳入门书，但最有可能使她获得不朽的，却是《焚舟纪·染血之室》。美国版《染血之室》称其中的故事为“成人童话”，这是个可怕的错误。安吉拉·卡特真正的工作是下到深处，汲取古老故事中潜藏的可能性的甘露，以之为新故事的起点。她的短篇与本文篇首提到的英美主流之间并非繁复与极简之争，魔幻与现实之争，诗歌与故事之争，而是两类描摹、探索乃至改变现实的致幻术之间的对峙与互补。

胶片之影，杂剧之光

——《美国鬼魂与旧世界奇观》

“我喜欢一切闪烁的东西。”安吉拉·卡特如是说。

友人们回忆道，卡特常在二十世纪七十年代光顾伦敦的独立电影院——当时还是些设施简陋、硬件寒碜的场所——尤其是位于南伦敦布利克斯顿的“奢华一丁点”影院，也就是今日的“奢华”影院。她在那儿沉醉于声光色影，看了包括塔可夫斯基《镜子》在内的无数影片。电影院对卡特美学趣味乃至写作主张的影响不可小觑：她赞同艺术上的“回收利用”，毫不犹豫地一再开启神话、民间故事、童话、童谣的缤纷密室，像一只勤劳而执着的雀，年复一年衔来亮晶晶的迷人赘物为自己筑巢。俗丽而色迷迷的流行艺术在她那儿都是好作料：马戏、杂耍、哑剧、魔术、莽戏、滑稽戏、西洋景……这些现已过时的形式中恰恰孕育着电影的诞生，而电影，嗨，承认吧，其肉身部分恰恰最常基于改编，是从已有作品的骸骨中升起的还魂尸。

卡特从不回避这些。正如费里尼将第一部电影献给自己钟爱的杂技团（《杂技之光》，1950），卡特也将小说《马戏团之夜》奉献给这个兜售欢声笑语的地方。不仅如此，在短篇小说集《焚舟记》中，她更是频频向正在消逝的杂剧国度致意，带着淡淡哀伤和秘而不宣的恐惧——杂剧国度永远不止有万无一失的小狗钻火圈、鹦鹉跳绳、美女走钢丝或吞食火焰（伴着蹦蹦跶跶的眼泪小丑），却是假扮成嘉年华的焦灼与忧虑之地；在那儿，观众和演员一样，身体深处有一种永难平息的干渴。

这种调子到了《焚舟记之四：美国鬼魂与旧世界奇观》里可谓登峰造极。《美国鬼魂与旧世界奇观》是卡特1992年因肺癌去世后出版的遗作，九个短篇的排列顺序严格遵照了卡特生前的指示，从中不难看出作者的匠心：前四篇发生在新大陆（《莉兹的老虎》《约翰·福特之〈可惜她是娼妇〉》《魔鬼的枪》《影子商人》），后四篇发生在旧欧洲（《在杂剧国度》《扫灰娘》《爱丽斯在布拉格》《印象：莱斯曼的抹大拉》)，居于正中的《鬼船：一则圣诞故事》则被置于新旧大陆的衔接处：新英格兰麻省波士顿湾。九个故事流光溢彩，兼具夏加尔油画的梦幻色调和布莱克版画暴烈的邪魅，为我们捧出一场几乎要灼伤双目的焰火表演。

《莉兹的老虎》原要写成一部关于“莉兹·波登弑父弑（继）母案”的长篇小说，可惜卡特从未能完成它。关于十九世纪末麻省秋河这宗扑朔迷离的谋杀案，卡特另外写有一个短篇《秋河利斧杀人案》(见《焚舟记之三：黑色维纳斯》)。《莉兹的老虎》中，四岁的莉兹背着父母长途跋涉去看老虎，在马戏团的大帐篷边险些遭到性侵，脱身后却在好奇心驱使下跟着侵犯者走，最后终于如愿见到了金黄炽亮、仿佛刚从布莱克诗行中走出的老虎，目睹了驯兽师和猛虎之间残忍的对峙——驯兽师正是方才醉酒的侵犯者。老虎是一个精致无憾的动力装置，一团流动的火，体内蕴藏着一切黑暗原力的可能性，令小小的莉兹心醉神迷——老虎是猫的复仇。而驯兽师，此时他挥动鞭子，言之凿凿：“因为我以理性人类的指示控制它的杀手本能，我知道恐惧的力量……在我的笼子里，在我的大猫之间，我建立了畏惧的阶级，你可以说我是这群大猫的老大，因为我知道它们随时都想杀我……但是它们呢，它们永远不知道我下一步可能做什么。完全不知！”被激怒的老虎猝然将驯兽师扑倒在地，最终仍不敌人类计谋与工具的罗网（塞进虎口的凳子、打开逃生门的男孩、在喝彩声中一跃而出的驯兽师），莉兹惊呆了，仿佛得到天启。故事有个月偏食般的结局——人群里有人认出了莉兹：“那不是安德鲁·波登的小女儿吗！那些加拿大佬怎么会跟小莉兹·波登在一起？”此时尚无人知晓，看虎的女孩日后将成为那首著名童谣的主人翁（“莉兹·波登拿斧头/猛砍爹爹四十下/看见自己下毒手/再砍娘亲四十一下”）。

处理类似题材的还有《在杂剧国度》，这篇乔装成小说的杂剧礼赞。“杂剧国度是个头角峥嵘的世界，要不就很阳具化，要不就是非常庶民的、咄咄逼人的女性化。”站在阳具这边的是狄克·威丁顿的猫，女性阵营包括乳牛黛西和鹅妈妈之鹅，中立国/自给自足者/双性人则是大娘（当叽寡妇、灰姑娘的继母和姐姐、《杰克与豆茎》里杰克的母亲、红心皇后、小红帽的外婆——统统由男性扮演）和主男（狄克·威丁顿、王子、罗宾汉、阿拉丁——一律由女性反串）。杂剧国度翻飞灵动，一切都是交互与倒错，充满哈哈镜、火焰杯与窥视孔，边界永远模糊不清：乳牛黛西太过女性，以至于需要两个男人来扮演——“黛西是大娘的平方”；主女无法让男人演，“因为如今尽管人口爆炸，却已经没什么男性阉伶了”；唯一统辖总务的只能是赫玛佛洛狄忒。乌拉！杂剧国度属于莎士比亚。

若说卡特的杂剧国度是一片异教神纵欲狂欢的沃土——伊壁鸠鲁主义、酒神信仰、阴茎神普利阿普斯与潘神崇拜——与之抗衡的就是随五月花号来到新英格兰的清教主义，这种对冲在位于正中的《鬼船：一则圣诞故事》里得到了荒诞、反讽、淋漓尽致的表现。

与此同时，胶片国度在卡特那里却是一片更为含蓄、更富乡愁的梦幻之境。在“奢华一丁点”，放映机破旧不堪，更换胶片的间隙影院陷入一片漆黑死寂，此时，观众席中常会有人起身，在舞台一侧的钢琴上不耐烦地敲奏一段摇滚旋律。卡特最爱的电影是马塞尔·卡内的《天堂的孩子们》：“在这部影片中，似乎永远可能纵身跃入荧幕……在那里定居，在一种微光灼烁的焦虑中。”在电影院流动的盛宴里，在它的五光十色、明墙暗影中，永远糅杂一种令人生疼的“去别处”的渴望，一种对并非自己故乡之地的思乡。

卡特流连于这难以言说的怀旧，试图在作品中赋予它独一无二的声音。长篇小说《新夏娃的激情》始于对电影女神特丽思岱莎和赛璐璐底片的致敬，高潮部分，特丽思岱莎那原型意义太过直白的基地布满玻璃棺，棺主全是好莱坞凋谢之花的蜡像（詹姆斯·迪恩、玛丽莲·梦露、莎朗·泰德、拉蒙·纳法罗）。另一部长篇小说《明智的孩子》里，主人公朵拉与诺拉居住的“吟游诗人之路”正是卡特的观影圣地布利克斯顿的“莎士比亚路”。《美国鬼魂与旧世界奇观》中的著名短篇《影子商人》和《爱丽斯在布拉格》更是对第七艺术的顶礼膜拜。《影子商人》里，死去多年的德国电影大师汉里希·冯·曼恩汉（又名汉克·曼恩，许是影射那位同名的好莱坞喜剧明星）附体在他的遗孀、四十年代黑色电影女星、如今的“活国宝”身上——“光成了肉身”——为慕名前来拜访的英国毛头小子揭示了骇人的秘密。而《爱丽斯在布拉格》——如果你读过刘易斯·卡罗尔那两本迷人的爱丽斯之书（注意！绝不是2010年上映的蒂姆·伯顿电影），看过捷克超现实主义大师史云梅耶的任何作品（无论是粘土动画、傀儡戏还是动画杂剧）——那么一切关于这个短篇的文字都显得多余。除了或许可以补充一句：炼金术师/镜子制作专家迪博士的助手被偷换了名字，卡特故意把爱德华·凯利换成奈德·凯利，后者是十九世纪澳大利亚的一名江洋大盗。

另有两篇准西部故事，也和电影、剧场脱不了关系。在《约翰·福特之〈可惜她是娼妇〉》中，灵媒师卡特成功招来两个同名艺术家的魂魄——英国詹姆士一世时期剧作家约翰·福特与二十世纪好莱坞西部片导演约翰·福特——以后者的美国牛仔风格改写了前者抑郁阴森的乱伦复仇悲剧，用枪支代替了剜出心脏的刀子，在读者心中激起一种陌生化的恐惧。《魔鬼的枪》原是剧本大纲，今日的浮士德可以用枪和靡菲斯特打赌，保证子弹百发百中，但却无法揣测最后的第七颗子弹将射向哪里——它属于魔鬼自己。虽然《魔鬼的枪》的场景和语言都属于电影，其人物、情节和叙事节奏却属于杂剧无疑，最适合深谙个中差异的人拍成角色眼神儿直直的、纵使欢蹦乱跳却仍散发出死沉沉机械气的木偶戏——机械气和呆滞（而非令人赞叹的灵巧）才是傀儡的长处。

《扫灰娘》是灰姑娘童话的三重变奏，第一个版本里同时夹杂着对莎翁《李尔王》的戏仿，题眼也从格林兄弟版中"善良的孩子有肉吃"摇身变作"影响的焦虑：论母女关系"。《印象：莱斯曼的抹大拉》取材于拉图尔的名画，探索了女性的宗教激情与世俗角色之间的张力："若要一个女人既是处女又是母亲，你需要奇迹；但一个女人既非处女也非母亲，就没人谈奇迹了”，抹大拉的玛莉亚被吸入烛火，最后在膝头本该抱着婴孩的地方得到一颗骷髅——这其实再自然不过，因为两者本无分别。

2008 年，伦敦朗伯斯区把一条新街命名为“安吉拉·卡特巷”，而过早燃尽自己的女作家此时已去世十六年，享年仅五十一岁。“当我在五十年代末期刚开始频繁光顾电影院时，好莱坞已经殖民了整个世界的想象力。”我们不禁好奇，假如今天她仍在世，关于在 3D、IMAX 面前节节败退的胶片国度，又会说些什么。《美国鬼魂与旧世界奇观》是卡特偏心献给旧世界的怀旧之作，一只外表布满霉斑、内里却装满翠鸟羽毛和玻璃蝴蝶的道具箱，需要被谨慎开启，小心轻放。

《金色笔记》之笔记

据说，多丽丝·莱辛是率先从家门口蜂拥而至的记者口中获悉诺奖尘埃落定的消息的。她的第一反应是“有点儿吃惊”，随即又变得“不那么讶异”，因为——用这位八十八岁高龄的老太太自己的话来讲——“这档子事已经搞了差不多四十年，他们要么在我蹬腿前把奖颁给我，要么就算拉倒了”。

老人家话外有音。的确，从某种意义上来说，这个奖迟到了足有二三十年。这或许是由于她过去的赤色背景，或许是由于她曾被看作是“政治不正确的”和“过于直言不讳的”，或许只是因为委员会不买帐，总之，当收到来自小她八岁，但比她早二十五年得了诺贝尔文学奖的马尔克斯的贺电时（后者是莱辛的文学偶像之一），我们不难揣测她的心情。一如10月13日的英国《卫报》所言：“今年的大热门菲利普·罗斯（赔率为7赔2），一位十分多产，争议不断，以描写手淫、政治和男性神经官能症闻名的文坛著名老大爷，败给了一匹大黑马（50赔1），一位十分多产，争议不断，以描写月事、政治和女性神经官能症闻名的文坛著名老太太。”莱辛的得奖说不上众望所归，却理应是名副其实的。撇开她的五部曲《暴力的孩子》(《玛莎·奎斯特》、《良缘》、《风暴的余波》、《被陆地围住》和《四门之城》)，系列太空小说《南船座的老人星：档案》,《简·萨默斯的日记》等作品不论，光一部出版于1962年的《金色笔记》，就足以使其在当代杰出女性作家的队列里占有显赫的一席之地。

然而,《金色笔记》本身却是一本令人绝望的书。就形式而言，它是先锋的、富于创见的和深思熟虑的；就情节而言，这是一篇朴素但杰出的复调；就风格而言，它细致准确，绝无废话，却依然奇怪地令人感到芜杂，像是花岗岩墓石上一层粗细不一的灰蒙蒙的砂砾，一阵风吹过便要张牙舞爪，抱作一个个势不两立却又存在千丝万缕联系的沙尘暴小团体。莱辛驾驭自如的正是这么一种灵动的文风，灵动，但是绝不过分，其语词之间的波纹就像黄昏天台上可以看见的涌动的鸟群。有时候，它们的密度似乎会越来越大，并且总是朝着一定的方向流溢，好像半空中有一张看不见的嘴，在朝这种鸟的悬浮液里一刻不停地倾吐微粒，而溶液却永远达不到饱和；每一只个别的鸟都同时是主宰和被主宰者，却奇异地形成了某种动态平衡。怆白的词语之浪随身携带着情绪奔啸而来，却往往导致另一种看似悖论的情绪；我们于其话语的海洋中凫游，虽然频频被扑面而来的逆浪呛到，咽了一肚子水，内心却在不断地获得一种隐秘的知识：这些海浪的行进方向是理所当然的。

《金色笔记》是又不是一本形式至上的小说。乍看之下，莱辛苦心构造的这个庞大的叙事框架似乎略嫌做作:《金色笔记》没有章节，完全摒弃了传统现实主义小说中一目了然的时序叙述法，由一个（恰恰是以中规中矩的现实主义笔法写就的）中心故事和五本彩色笔记构成。题为“自由女性”、被四笔记分割为四部分的主干故事与黑色、红色、黄色、蓝色四本笔记分别绘就了小说的经纬，位于《蓝色笔记》第四部分和《自由女性》第五部分之间的《金色笔记》则如一根贯通南北的地轴。小说讨论的主题之一是外部世界与精神世界的双重混沌，这种将主干部分大卸八块的形式因而成了一种符号。但是，果真如此的话，这种分裂又显得太不彻底，太有秩序，太具匠心了：四本笔记出现的顺序始终是黑、红、黄、蓝，恐怕莱辛自己也不会认为这是一次对混沌的高明的影射。

不过，如果我们继续前行直至书末的《金色笔记》，就会发现《自由女性》原来是书中女主人公安娜·沃尔夫最后完成的一部小说（而它却出现在四本笔记之前）。在此之前，安娜还写过一本成功出版并为她赢得了好评和财富的小说《战争边缘》，该书涉及殖民主义和种族主义的大量问题，背景设在非洲，其题材被安娜详尽地记录在《黑色笔记》中。而安娜所写的《黄色笔记》本身就是一部小说，题为"第三者的影子"，小说中的女人公爱拉亦在尝试写完一部小说。《红色笔记》是安娜对自己政治生涯的回忆，《蓝色笔记》的初衷是日记，《金色笔记》的前半部分是由安娜及其美国情人索尔·格林共同完成的。其中，两人约定为彼此的下一部小说写上第一个句子，后半部分则是索尔·格林的中篇小说，以安娜选定的句子"在阿尔及利亚一道干燥的山坡上，有位士兵看着月光在他的枪上闪烁"开头，而索尔为安娜写下的句子如下，"两个女人单独待在伦敦的一套住宅里"。毫无疑问，这便是《自由女性》的第一句，也是莱辛全书正文的第一句。至此，我们回顾行经的路，会发现自己的旅程始于一个圆柱体的底部，沿柱身螺旋形上升至柱顶后又匪夷所思地回到了起点。莱辛已经不满足于在二维平面上进行的循环叙述，罔论只有一重维度的线性叙述了。就这点而言，《金色笔记》是形式至上的。

但又不尽如此。如评论家露丝·惠忒克（Ruth Whittaker）所言，许多后现代小说都具有高度自反性，其内容与其方法论是一体的，内容即方法（形式正是方法的彰显）。这立刻让我想到了罗兰·巴特和他晚年那个美妙绝伦的文本《恋人絮语》，那从根本上来说是个关于符号理论的作品，却成就了第一流的关于爱情的文学；巴特追求的是可写性，为此把文本搞得不可卒读也在所不惜，结果却成就了了不起的可读性；为了避免表面上的偶然性暗中可能造成的逻辑的序列，他用一种最保守的方式，将书中关于爱情的近百个“情境”按照名称和字母排列法来排序。《金色笔记》比《恋人絮语》早出版十三年，莱辛有意无意地成为了某种意义上的先声——用显而易见、因其陈腐而不可能被人们重视的规律来为混沌套上枷锁，却是为了让这混沌在更大的范围内自由舞蹈——且看两人为了提防可能由表面偶然性生成的内在逻辑（真正的枷锁）的怪物而采取的措施是多么类似！这种怪物对巴特而言，可能是某种从情境的排列中生出的“爱情哲学”（事实上，从巴特的观点出发，爱情不可能构成哲学，而只能是情与境的碎片，一个精心布局、有始有终的爱情故事是“社会以一种异己的语言让恋人与社会妥协的方式”）；对莱辛而言，便是对“真相”的肢解。

我们究竟有没有能力把握生活的真相，窥见浩繁的现象之湖底下无声诱发着事件并写就个人命运轨迹的真正动因？莱辛通过安娜提出了这个问题。同样身为作家的安娜于是祭上自己的手艺和血肉，着手寻求解答。她采取的方法便是过上一种刻意为之的“分裂”的生活：使用四个不同的笔记本，在四个时空维度里探索一些循环往复的主题的答案：女性的困难处境，“自由女性”的两难处境，欧洲各国的政治现状和可能的出路，集体生活施加于个人的精神上的分裂作用，精神分析作为一门临床医学和一项神话审美活动各自所具有的价值等。就视野而言，《金色笔记》不论在内容还是形式上，的确都具有一种二十世纪百科全书式的气质。

安娜的尝试是否成功？她在《蓝色笔记》第四部分的开头处作出了自我评估：“所有这一切都归于失败。这本蓝色笔记，我原先指望它成为最真实的一种，结果却比其余的笔记更糟……假如我写道‘九点半我上卫生间大便，二点钟小便，四点钟浑身大汗'，这也比只写下自己的想法要真实得多。然而我仍不明白为什么。”更糟的是，安娜相伴多年的好友摩莉的儿子汤姆，一个耽于冥想、气质阴郁的青年，在偷看了安娜的四本笔记后开枪自杀。安娜无意中向汤姆提供了目睹一个代表了聪慧、自由和向善之心的自我缓慢崩溃的全过程的机会，后者则将自己死亡的一幕回赠给她，尽管最后他只是双目失明，成了安娜身边一个看不见事物却冷静预知一切的幽灵。文字作为一种探索现实的手段，本身便存在局限性，我们的文字将永远不够准确，永远无法企及真相，如果真相这个词多少还有一点意义的话。安娜和爱拉的质疑也即莱辛的质疑。涉及对写作及其价值的讨论时，莱辛的笔下流露出浓重的实验味道。《金色笔记》既是一部基本遵循现实主义规律写就的小说，也是对现实主义作为一种表现手法、对写作作为一种探索方式所进行的一场大规模检验。

虽然莱辛对别人奉《金色笔记》为女权主义檄文的做法大为光火，不可否认的是，《金色笔记》的确从不同层面上，通过各种纷纭的语境，有力地试探和回应了有关“自由女性”的问题。与其说莱辛是在鼓吹妇女解放，不如说她深入揭示了女性注定无法从男性那里获得完全解放这一悲剧。长期亲密关系中突遭遗弃的“自由女性”，这一题材在安娜与其情偶迈克尔，安娜笔下的人物爱拉与其情偶保罗，还有爱拉计划写作的短篇故事框架中都得到了循环往复的、互相指涉的处理。人世间充满形形色色的结构，到头来，你总要进入其中的一个；“自由女性”拒绝这样做，却往往既不曾得到过真正的自由，也不再被当作女性看待，甚至，她们连“先驱”都算不上。安娜的精神疗师苏格大娘将此一语点破：“你和别人有什么不一样？你是说以前从未有过才女？从未有过独立的女性？从未有过坚持性自由的女人？实话对你说，在你之前，历来便有许许多多这样的女人，你必然会找到她们，在你自己身上发现她们的影子，并意识到她们的存在。”

《蓝色笔记》中断断续续记下的安娜同苏格大娘的治疗对话是全书中一条极漂亮的线索。起先，安娜是为了解除其“写作障碍症”而向苏格大娘求助的，一些东西原该令她有所触动，到头来她却发现自己无动于衷，于是她“保守地跑去向巫医寻回自己的感情”——莱辛对精神分析的态度总体上是既怀疑又入迷，在此，她管治疗家苏格大娘叫巫医；“苏格”的意思是糖。这一段疗程没能治愈安娜，使她重拾对文字的信仰，反而演变为一场对于作为临床医学和一门艺术的精神分析体系的讨论。安娜无法信任苏格大娘，因为她认为后者感兴趣的不过是神话原型：“如果我对你说，昨天我在某个聚会上见到一个人，我在他身上认出了那头狼，或那个骑士，或那个修道士，你就会点头微笑。于是我们都感到了识别成功的欣喜。但如果我说……某件事上显示出迹象——那人的个性有缺陷，就像大坝上的缺口，从那个缺口，未来就会以不同的形式倾泻……如果我那样说，你就会皱眉。”苏格大娘身上体现出一种普通人对归类的需求，如一块马赛克嵌入闪闪发亮的古老壁绘，通过镶嵌入位的动作，个体方能得到巨大的安心。安娜则对“伟大的典型的梦”或是“我们体内两百万岁的人”明显地缺少信仰（我们再度看到荣格对莱辛的影响）。事实上，安娜真诚地愿意自己能坚信点什么，却终于无法拥有一个信仰。她所迷醉的是在烟波浩渺的可能性之海上漂浮和自我扩充，看看万事万物能对自己产生什么影响，自己又能够成为何种外在于“安娜”的人。她对任何形式的“定型”都怀有戒心，乐意从自己身上分化出一个个逼真而各藏玄机的影子，却不肯（抑或无力？）认清作为出发点的“安娜”自己。

语言是危险的。一件事一旦被付诸文字，它的一部分也就死去了。如莱辛的其他一些作品一样，《金色笔记》是知其不可为而为之的文学。读完洋洋洒洒七百多页的《金色笔记》,我仿佛看到那个满脸慈祥却目光狡黠的老太太正竖起一根食指,调皮而无奈地将它放到了唇畔。

后记

1

缮写室（scriptorium）是欧洲中世纪制作书籍的地方，但《缮写室》不是一本关于中古手抄本或者它们的缮写员的书。简而言之，这本书写的是那些在我生命的“软蜡期”刻下过特殊形状的作家们。软蜡，因为他们大多是我青少年时代就已遭遇和喜爱的作家，是我个人阅读史上较为接近起点的那些路标。而我写下关于他们的文字时，也处于自己（作为一名写作者）的软蜡期——书中超过一半的文章写于25岁之前，最早的一篇（《身为艺术家的批评家》）写于20岁。

莎士比亚、刘易斯·卡罗尔、王尔德、“珍珠”诗人……我曾经想要藏起自己对他们的钟情，藏起写下过的所有关于他们的片段，因为再也没有什么比检视起点更可怕的事了。然而，同样可怕而正确的一件事是，“关于你自己，再没有什么比年少时热爱的作家能告诉你更多”。

我已经过了年轻到拒绝了解自己的年纪。

2

本书中被评论的那些作家，用布罗茨基的话说，是我想要取悦的影子。他们是多年来活跃于我心灵缮写室中的隐形人。“隐形”，一如中世纪作者对“原创性”的理解——他们往往把本人的独立贡献藏起，宣称自己的作品不过是对前人的汇编。比如莱亚门（Layamon）就在长诗《布鲁特》（*Brut*）的序言中说：“莱亚门把这些书摊开在面前，并且翻动书页……摘录下他认为可靠的那些段落，并把这三个文本压缩成一部完整的书”——今日作家对抄袭嫌疑避之不及，莱亚门却公开说自己是个抄书员。乔叟在《善良女子殉情记》引子中自称拾穗者：“于是我步其后尘，俯首拾穗 / 如能捡到他们遗留的任何好词句 / 我的心里就会充满了喜悦”；又在《特洛伊罗斯与克丽希达》第二卷序言中言之凿凿，“我所写情感并非个人杜撰 / 而只是把拉丁语译成本国的语言……如有的词语不妥，并非我的过错 / 因为我只是复述了原作者的话”。

此类看似过分谨慎的自我保护，其实深深植根于中世纪的手抄本文化——每一本书都以珍贵的手绘插图或独一无二的首字母装饰令人目眩神迷，每一本书都耗费巨大人力且不可能完美复制。在这个今天业已消失的文化基础上，写作者首先是一名书籍制作者。恰如波纳文图拉在十三世纪所言："有时一个人兼写别人和自己的字，但以别人的字为主……他就不能被称为作家，而只是评论者。又或一个人兼写自己和别人的字，而用别人的字来作为证据，他就应该被称为作者。"若要把波纳文图拉的标准搬到今天，那么所有"兼写别人和自己的字，但以别人的字为主"者——大部分书评和文艺评论作者——都将被逐出"作者"的行列，只能被归入"评论者"。

在这一意义上，《缮写室》没有一个可被指认的作者。与其说它是我的个人"作品"，不如把它看成一块"织物"。

古英语中，"女人"(wif)一词来自名词"织物"(webbe)，并且可以进一步追溯到动词"编织"(webbian)。在伊萨卡，佩内洛普白天编织，晚上拆毁织物，在这样的循环往复中度过了等待丈夫从特洛伊归家的二十年，捱过了两部荷马史诗的长度，推迟了一百零八名求婚者的进攻——翻飞于佩内洛普指间的岂是奥德修斯父亲的殓衣，却是光阴本身，是被

“编织”这个动作锁入台风眼而悬停的时间。在编织中成为女人，在编织中成为主人。假如佩内洛普未能以编织拖延那一百零八个求婚者，她失去的将不仅是对自己身体的主权，还有对伊萨卡的主权，她还将失去未如人们所料在战争中死去的奥德修斯；荷马将失去他的《奥德赛》。

“评论者”的工作恰是“编织”。作者和作品的影子是他的布料，深陷阅读中的目光是线；在阅读中触摸文法的经纬，在编织中抵达存在。评论是一种缺席在场的写作。

3

缮写室文化——或曰手抄本文化——使得博尔赫斯笔下的通天塔图书馆不再是一种比喻，而是一张实实在在的、由书籍及其互文性叠织而成的巨网。艾柯《玫瑰的名字》中迷宫的原型就是这种手抄本文化。作品作为书，其内涵和外延往往边界模糊。由于以现代标准衡量的文献可靠性、翻译准确性和文学原创性在一部典型的中世纪作品中都几乎无法找到，我们常常难以断定哪儿是一本书的终结，哪儿是另一本的开始。在这一意义上，可以说，所有的中世纪作品都是匿名的。

类似地，我们也可以说，所有的评论在本体论意义上都是匿名的。

不过本书的织架上并不纯然是影子，还有编织者自己的生命。虽然成年之后的光阴大多献给了写论文、写专著、写诗和故事，我并未忘记，自己最初想成为的写作者，是那种为世上某个角落里的陌生人完成一次“点亮”的写作者。

点亮是一种邀请，推门的动作却必须由陌生人亲自完成，为了此刻他或她内心深处的灵犀一现，为了让更多陌生人悄然加入这传递火光的亘古队列。

我亦曾这样被点亮，并循这微小的火光来到此地。手捧这本小书的陌生人，愿你们能走得更远，直到地图之外的地方。

4

我要感谢我的本科和硕士导师谈峥教授，本书中那些成文最早的篇章均首发于谈老师时任总策划的《译文》期刊。尽管这本期刊已于十年前停刊，它赋予一个年轻写作者的分享的愉悦是不可替代的。在书写评论之路上，谈老师给了我最初也是最宝贵的一份自信。

还要感谢加州大学河滨分校的叶扬教授，从我在他的《诗与诗学》研究生课上担任助教至今已一晃十个年头，一路得到叶老师的言传身教，是我的幸运。

感谢陆谷孙教授，距您猝然离开我们已经快两年了，可我有时走在国福路那几棵柳树下，依然会在某个抬头的瞬间错觉又见到您。

感谢卢丽安教授、许知远老师和范晔教授等几位前辈热心推荐这本小书。

首发本书其他篇章的编辑老师包括但不限于:《上海文化》的吴亮先生和张定浩先生、《读书》的祝晓凤先生、《城市画报》的陈蕾女士、《东方早报·上海书评》的盛韵女士和张明扬先生、《书城》的彭伦先生、《新知》的苗炜先生、《澎湃》的李丹女士等，谨在此一并致谢。也谢谢《读品》的梁捷和周鸣之、《延河》的贾勤、《凤凰·读书》的严彬等友人刊发部分章节的局部内容。

谢谢我的编辑顾晓清，她在做书这件事上的精益求精，让我感到假如在中世纪，她会是一名最优秀的缮写士。

谢谢我的先生拾穗人，他为本书绘制了基于“世界之布”（中世纪 T–O 地图）的索引，直观地呈现出一种阅读的经纬。

谢谢你七年来一直是我最好的战友。

谢谢始终爱我如我所是的母亲，以及同样如此的父亲，虽然父亲再也无法读到这本书。

还要谢谢我的外祖父，对于童年的我，他那间阴暗、并不宽绰、宛如迷宫的书房几乎是天堂本身，是我生命中的第一座缮写室。

最后，读到这一页的每一位，感谢我们的相逢。

包慧怡

2018 年 6 月于上海

写作时间索引

2005 《身为艺术家的批评家》*P.103-122*

写于 2005 年，原载《复旦外国语言文学论丛》2010 年夏季刊。

2007 《S.P.Q.R.》*P.150-170*

原载《译文》，2007 年 11 月。

2007 《疯人们的嘉年华——重访“仙境”与“镜中世界”》*P.17-51*

初稿以英文写作（2007），2009 年由作者译为中文，载于 2011 年第四期《上海文化》。

2008 《〈金色笔记〉之笔记》*P.308-317*

原载《译文》，2008 年 1 月。

2008 《莎士比亚的舞台——比尔·布莱森〈莎士比亚：作为舞台的世界〉》*P.1-16*

原载《译文》，2008 年 3 月，发表时原标题为《此身褒贬待春秋——布莱森〈莎士比亚：世界舞台〉断想》。

2010 《骑士文学ABC——〈高文爵士与绿骑士〉之伪原型批评》*P.52-65*

原载《上海文化》，2010年1月，发表时标题为《蛤蟆，假面与绿骑士：西方千年文学ABC》。

2010 《手艺人论手艺——加德纳〈成为小说家〉和〈小说的艺术〉》*P.81-95*

写于2010年，原载《外国文艺》，2012年1月。

2011 《无处流浪的吉普赛人》*P.183-196*

原载《东方早报·上海书评》，2011年5月。

2011 《通灵人之梦——安吉拉·卡特〈焚舟纪：黑色维纳斯〉》*P.275-286*

原载《书城》，2011年9月。

2011 《安吉拉·卡特的非典型短叙事——〈烟火〉与〈染血之室〉》*P.287-299*

原载《书城》，2011年10月。

2011 《胶片之影，杂剧之光——〈美国鬼魂与旧世界奇观〉》*P.300-307*

原载于《书城》，2011年11月。

2012 《灵知派教义中的两类蛇》*P.141-149*

原载《艺术世界》，2012 年 12 月。

2013 《灵视盘里的格斗家——王敖的短诗与狄博士的镜子》*P.66-80*

原载《书城》，2013 年 8 月。

2013 《中世纪"脸书"——床边、窗畔与马背上的肖像传统》*P.249-274*

原载于《城市画报》，2013 年 9 月。

2014 《旋转木马的星辰之旅》*P.123-140*

原载《新知》，2014 年 1 月。

2014 《世界之布：鸟瞰中世纪地图》*P.212-228*

原载《澎湃·思想市场》，2014 年 9 月。

2014 《不要在中世纪花园入眠——从"禁闭之园"到人间天堂》*P.229-248*

原载《澎湃·思想市场》，2014 年 10 月。

2016 《神显时分：以马忤斯的晚宴》*P.171-182*

原载《金色传奇专栏》，2016 年 4 月。

2016 《想象的玻璃上真实的窗花》*P.96-102*

节选自弥罕诗歌译序，收入包慧怡、彭李菁译《岛屿和远航：当代爱尔兰四诗人集》(北方文艺出版社，2016)。

2017 《纸上的黑夜——米开朗琪罗隐秘的诗歌世界》*P.197-211*

原载《读书》，2017 年 5 月。